Doris Dörrie

In einem fremden Wald

Doris Dörrie, geboren in Hannover, studierte Theater und Schauspiel in Kalifornien und in New York, entschloss sich dann aber, lieber Regie zu führen. ›Männer‹, ihr dritter Kinofilm, wurde ein Welterfolg. Parallel zu ihrer Filmarbeit (zuletzt der Kinofilm ›Grüße aus Fukushima‹) veröffentlicht sie Kurzgeschichten, Romane und Kinderbücher. Seit einigen Jahren hat sich Doris Dörrie auch als Opernregisseurin einen Namen gemacht. Sie lebt in München.

Doris Dörrie

In einem fremden Wald

Roman

dtv

Ausführliche Informationen über
unsere Autoren und Bücher
www.dtv.de

MIX
Papier aus verantwortungsvollen Quellen
FSC® C019821
FSC www.fsc.org

Originalausgabe

Umschlaggestaltung: Isabella Grill/dtv
unter Verwendung von Fotos von gettyimages
Gesetzt aus der Bulmer 12/14,5˙
Gesamtherstellung: Druckerei C.H.Beck, Nördlingen
Gedruckt auf säurefreiem, chlorfrei gebleichtem Papier
Printed in Germany · ISBN 978-3-423-71746-5

»Pula! Schau mich an, wenn ich mit dir rede! Wasch dir die Hände vor dem Essen, sonst bekommst du Bandwürmer wie Tante Zia, willst du das? Spiel nicht mit Spinnen. Benutz nicht meinen Lippenstift. Pula! Halt die Knie zusammen, wenn du sitzt, sonst denkt man, du bist eine Schlampe. Wasch den Salat ordentlich oder willst du Schnecken essen? Bedank dich am Morgen bei deinen Eltern, Großeltern und all deinen Vorfahren, dass du am Leben bist. Pula! Guck nicht so muffig. Halt dich gerade oder willst du einen Buckel bekommen wie Olina?«

»Ja, Mama, ich halte mich gerade. Ich benutze bestimmt nicht deinen Lippenstift, und ich wasche gar keinen Salat und noch nicht mal meine Hände vorm Essen, denn oft bekomme ich gar nichts zu essen.«

Als ich noch zu Hause war, konnte ich das Gezeter meiner Mutter kaum ertragen: »Pula! Putz dir die Zähne. Wasch dich zwischen den Beinen. Aber nicht mit demselben Waschlappen. Klopf deine Schuhe ab und bring keinen Staub mit ins Haus. Hör auf zu heulen, du bist kein Baby mehr. Pass auf deine Brüder auf. Lass die Kleinen auch mal ran. Teil gefälligst! Sei nicht so zickig. Gib mir einen Kuss.

Hör auf zu maulen. Lach mal. Du bist so hübsch, Pula, wenn du lachst.«

Jetzt vermisse ich es. Ich höre meine Mutter, als ginge sie neben mir. Ihre Stimme laut in meinem Kopf: »Geh weiter, Pula, trödel nicht rum, geh weiter. Jetzt geh schon, Pula!«

Aber wohin denn, verdammt noch mal? Wohin soll ich denn gehen? Ich kann nicht mehr. Ich will nicht mehr. Ich will zurück. Nach Hause. Zu meiner Mutter. Denn meine Mutter geht nicht neben mir. Sie ist weit weg. Mit jedem Schritt entferne ich mich weiter von ihr und dennoch wird sie immer lauter. Und ich bin nicht verrückt, auch wenn das manche von mir sagen. »Pula, die spinnt doch. Die erzählt Geschichten.«

»Du bist verrückt, mein Kind«, hat meine Mutter oft zu mir gesagt und dabei gelächelt. Im Grunde genommen mag sie es, wenn ich seltsames Zeug erfinde, mir die riesige, geblümte Unterhose von Tante Zia auf den Kopf setze und den Wischmopp als Mikrofon benutze.

Ich hab mal davon geträumt, Sängerin zu werden, aber seit die Monster in unser Leben gekommen sind, singe ich nicht mehr, und meine Mutter lacht nicht mehr.

Sie nennt sie nie »Soldaten«, das wäre zu viel der Ehre, sondern immer nur »Monster«. Sie sind über Nacht gekommen, sie tragen Masken vor dem Gesicht und große Waffen, sie sind grau, von Staub bedeckt, sie haben alles zerstört, alles kaputt gemacht, die Schule, die Stadt, auch unser Haus, aber meine Mutter ermahnt uns immer noch aufzuräumen, nicht zu trödeln, unsere Schuhe ordentlich hinzustellen. Manchmal habe ich Angst, sie wird verrückt.

Die Monster haben starre Augen hinter ihren Masken, sie sehen einen nicht an. Sie kommen immer wieder, schwärmen aus, zerren uns aus den Häusern. Sie nehmen unsere Väter und Onkel und Großväter mit. Unsere Brüder. Die größeren Jungen müssen ihre Arme heben, und wer schon Haare unter den Achseln hat, wird mitgenommen. Meine Brüder sind zum Glück noch klein. Auch größere Mädchen nehmen sie mit. Meine Mutter rasiert mir jeden Morgen die Achseln, dabei sprießt bei mir kein einziges Haar.

»Gott sei Dank hast du noch keinen Busen, Pula«, sagt sie und wirft sich meinen Arm um den Hals wie einen Schal, rasiert mir erst die eine Achsel, dann die andere. Es gibt keinen Rasierschaum mehr zu kaufen. Meine Achselhöhlen brennen den ganzen Tag lang wie Feuer.

»Kratz dich nicht unter den Achseln wie ein Affe, Pula. Du machst einen ganz verrückt. Sitz still. Beklag dich nicht. Es könnte alles noch schlimmer sein.«

Tiefe Linien sind wie mit einem Stift in ihre Haut gezogen, sie werden jeden Tag tiefer.

Die Monster kommen immer öfter, fast jeden Tag.

Und da schickt sie mich weg. Meine Mutter schickt mich weg.

»Pula, mein Kind, meine große Tochter, ich schicke dich nicht weg, ich schicke dich los, das ist ein großer Unterschied. Du musst gehen, sonst holen dich die Monster, das weißt du doch. Weine nicht, wein doch nicht. Du bist doch die Große, die Vernünftige. Willst du, dass ich mir wegen dir die Augen aus dem Kopf weine wie schon um Vater? Willst du das?«

»Nein, Mama, das will ich nicht. Aber ich will nicht weg. Ich will nicht, ich will nicht.«

»Sprich nicht mit Fremden. Wasch dir vor dem Essen die Hände und iss kein …«

»… rohes Fleisch, ich weiß. Sonst bekomme ich einen Bandwurm wie Tante Zia.«

»Lach nicht«, sagt meine Mutter, »das ist wahr. Wir alle dachten, sie ist schwanger, weil ihr Bauch immer dicker wurde. Aber sie stöhnte und ächzte und klagte und eines Tages kam er raus.«

»Wer?«, frage ich, obwohl ich es ganz genau weiß, aber immer wieder will ich diese grässliche Geschichte hören.

»Der Bandwurm. Sechs Meter war er lang«, sagt meine Mutter. »Tante Zia musste ihn aus sich rausreißen.«

Aaargh. »Und wie kam er aus ihr raus?«

»Naja, sie ging aufs Klo und als sie sich umsah, lag er in der Kloschüssel …«

An dieser Stelle kreische ich jedes Mal vor Ekel und Vergnügen und frage mich, wer hier verrückte Geschichten erzählt, meine Mutter oder ich.

»Erzähl mir noch mal die Geschichte von Tante Zia und dem Bandwurm«, sage ich zu meiner Mutter, obwohl sie so weit weg ist, und dann höre ich ihr zu, während ich weitergehe, immer weiter durch fremde Länder, und das einzig Vertraute ist die Stimme meiner Mutter in meinem Kopf.

Wenn ihre Stimme leiser zu werden droht und ich sie nicht mehr richtig hören kann, bitte ich sie, mit mir zu schimpfen, mich zu ermahnen, mir Ratschläge zu geben, und gleich ist sie wieder da:

»Pula, schlurf nicht so. Heb die Füße beim Gehen. Kämm dir die Haare. Wenn eine Fledermaus in deine Haare fliegt, denkt ein toter Verwandter an dich. Bohr nicht in der Nase. Hab immer saubere Unterwäsche an. Wenn dir was passiert und deine Unterwäsche ist dreckig, hält man dich für eine Schlampe. Bürste deine Haut, damit sie weich bleibt. Bürste dein Haar, damit es glänzt. Watschel nicht wie eine Ente.«

»Zum Glück siehst du mich nicht, Mama. Meine Haare sind verfilzt, meine Haut ist verbrannt und rissig von der Sonne. Hab lang nicht mehr in einen Spiegel gesehen, aber ich kann es fühlen. Ich bin eine andere, du würdest mich gar nicht mehr erkennen. Hast du dir das so vorgestellt, als du mich weggeschickt hast, Mama? Seit drei Wochen und drei Tagen bin ich unterwegs. Mein Handy zählt die Tage. Vierundzwanzig Tage, seit du mich weggeschickt hast.«

»Pula, mein Kind, ich hab dich losgeschickt, damit dich die Monster nicht holen und du es besser hast. Und bald, ganz bald, kommen wir hinterher, dann sind wir alle wieder zusammen und alles wird gut.«

»Mama, glaubst du das wirklich? Erzähl mir keine Geschichten.«

Ihr Foto auf meinem Handy schau ich mir immer nur ganz kurz an, um Akku zu sparen. Wenn ich mein Telefon verliere, verliere ich sie und sie mich. Ich verliere meine

Brüder, meine ganze Familie. Wenn mein Handy aufgibt, bin ich verloren. Bisher hatte ich in jedem Land, durch das ich gelatscht bin, den falschen Stecker zum Aufladen, und kaum jemand mag seinen Adapter ausleihen, aus Angst, dass man damit abhaut. Nur ganz kurz also, zwei Sekunden lang, einundzwanzig, zweiundzwanzig, sehe ich sie an, das reicht auch, sonst heul ich.

Zu Hause kam ich mir schon halb erwachsen vor, jetzt fühl ich mich wie ein Baby. Zu Hause hab ich meine Mutter verflucht, ihr Gemecker, ihre blöden Ansichten, ihre ganze Art ging mir auf die Nerven, alles. Selbst wie sie einen Apfel isst. Sie macht so komische Quietschgeräusche, da könnte ich schreien. Jetzt rede ich den ganzen Tag mit ihr, obwohl sie mich nicht hören kann. Ja, ich hab meine Unterwäsche gewaschen. Erst im Meer, das ich früher so schön fand. Als alles noch so friedlich war und wir von Monstern keine Ahnung hatten. Als wir noch im Paradieswunderland gelebt haben, als es noch zu essen und zu trinken gab, so viel man wollte, und die Menschen noch halbwegs nett zueinander waren.

Erst hab ich meine Unterwäsche im Meer gewaschen und dann in dreckigen Waschbecken von verlausten Unterkünften, wo ich ewig in der Schlange stehen musste und nur ganz wenig Zeit hatte, weil hinter mir schon geschimpft wurde. Zum Glück habe ich noch nicht meine Tage. Dann wäre alles noch viel schwieriger, das sehe ich an den anderen Frauen. Manche betteln um einen Tampon, als wäre er wertvoll wie Gold. Ich war die Letzte in der Klasse, aber das hat mir nie was ausgemacht, weil meine Schulfreundinnen immer nur stöhnten, sie hätten Bauchschmerzen und Kopfschmerzen und wären schlecht drauf. Wer will das freiwillig?

Meine Mutter nennt es »Besuch von der Tante«. »Hattest du schon Besuch von der Tante?« Zum Totlachen.

»Nein, Mutter, ich hatte noch keinen Besuch von der Tantc. Wenn sie kommt, bringt sie mir was Hübsches mit?«

Aber wenn es jetzt passiert, wem sag ich es dann? Wenn die Tante kommt, will ich meine Mutter in der Nähe haben, auch wenn das kindisch klingt.

Tante Zia meint, ich wäre zu dünn, daran läge es. Kein Speck auf den Hüften, dann kommt die Tante nicht. Also bin ich in Sicherheit, ich spüre meine Rippen unterm Hemd, und an meinem Hüftknochen kann ich mich festhalten wie an einem Steuerknüppel. Wir sind jetzt alle dünn, wer hat denn noch Speck auf den Hüften? Nur die Familien mit Verwandten im Ausland, die Geld schicken. Man kann es sofort sehen: Wer ein bisschen dicker ist, hat Familie im Ausland. Ich werde Geld nach Hause schicken, tonnenweise Geld, damit ihr euch alle rund und dumm fressen könnt, jeden Tag werde ich Geld schicken, ich verspreche es.

Heulende Mütter sind das Allerschlimmste, sie machen dich weich wie ein Handtuch. »Pula, mein Kind, pass gut auf dich auf! Sprich nicht mit Fremden. Wasch deine Unterhosen.«

Kannst du an nichts anderes denken, Mama? Meine Unterhosen haben inzwischen Löcher, aber sauber sind sie. Ah, da atmest du auf: Wenigstens hat das Kind eine saubere Unterhose an. Dafür stinken meine Kleider nach Staub, Schweiß und Angst. Angst stinkt, ich erkenne den Geruch genau.

Manchmal sehne ich mich nach nichts mehr als nach einem frischen, weißen T-Shirt oder einem sauberen, gebügelten Kleid.

Mutter bügelt mit schnellen, kraftvollen Bewegungen, sie schimpft dabei, sie hasst Bügeln. Ich dagegen liebe es. Das Dampfbügeleisen, das wie ein kleiner Drache faucht, wenn es über den Stoff gleitet, und den Geruch nach frisch gebügelter Wäsche. So riecht meine Mutter. Ich rieche sie manchmal ganz deutlich und das bringt mich fast um. Das ist wie ein Messer, das ich mir selbst zwischen die Rippen jage.

Mein Kopf macht, was er will. Je müder ich werde, desto schlimmer werden die Gedanken. Es war einmal, flüstert mein Kopf, es war einmal eine Mutter, die schickte ihre eigene Tochter weg, weit weg über das Meer. Einfach so. Nein, stöhne ich, sie musste es doch tun, sie musste. Sie wollte wenigstens mich außer Gefahr bringen, und die anderen sind noch so klein. Aber dich hat sie weggeschickt, zischt die Stimme in meinem Kopf, nur dich, die anderen durften bleiben. Aber sie wollte es doch nicht, eigentlich wollte sie nicht, und da fange ich schon an zu flennen wie ein Baby.

Pula, du bist jetzt allein, murmelt mein Kopf, du bist jetzt ganz allein. Mutterseelenallein.

Dieses Flennen hasse ich mehr als alles andere, es macht mich schwach, manchmal so schwach, dass ich, wenn ich Glück habe, einschlafe, aber meist geht das nicht, weil es zu laut ist, zu viele Menschen neben mir liegen und im Schlaf schnarchen und keuchen, oder weil ich einfach Angst habe, zittere vor Angst, bis alle sich müde und mürrisch aufrappeln und es weitergeht, im Boot, im LKW, im Zug oder zu Fuß.

Weiter, weiter, weiter.

Wohin eigentlich? Ich habe keine Ahnung. »Überall ist es besser als in unserem Land«, hat meine Mutter gesagt.

Bisher war es nirgendwo besser, Mama, nirgendwo, hörst du? Ich will, dass sie das weiß, und dann wieder wünsche ich mir, dass sie es nicht weiß, weil ich es nicht ausstehen kann, wenn sie sich Sorgen macht. Die beste Mutter ist eine fröhliche Mutter, die einen in Ruhe lässt, weil sie fröhlich ist, aber wann war meine Mutter zuletzt fröhlich? Nur die Kleinen lachen noch manchmal, weil sie keine Ahnung haben.

Damit ich nicht dauernd flenne, denke ich mir aus, dass das Ganze ein Spiel ist. Ich bin im Fernsehen, sie haben mich geschminkt, mir Dreck ins Gesicht getupft, die Klamotten sorgfältig zerrissen, meine Haare hat ein Friseur kunstvoll zerzaust und Fett reingerieben, damit es so aussieht, als hätte ich ewig nicht mehr geduscht. Ich soll gequält schauen und auch ruhig mal heulen, das kommt gut an, das mögen die Leute. Und dann soll ich flüstern, »ich kann nicht mehr, ich kann einfach nicht mehr«, und zusammensinken am Wegesrand. Im Staub warten, bis mir jemand vielleicht was zu trinken gibt oder mich fragt, ob alles okay ist, was in Wirklichkeit nie, nie vorkommt. Alle rennen weiter und weiter, als wüssten sie genau, wohin. Und irgendwann rappele ich mich wieder auf und humpele weiter.

Das Humpeln mach ich gut, ganz schnell zwinkere ich in die Kamera, ich weiß und ihr wisst, das ist nur ein Scheißspiel, und ich werde es gewinnen. Mit einem goldenen Pokal, größer als ich selbst, werde ich auf dem Siegertreppchen stehen und grinsen und winken: »Hallo, Mama, schau, ich hab gewonnen!« Und da sind alle meine Freundinnen, die ganze Klasse, meine Lieblingslehrerin Frau Romuskuiv, die mir Lesen und Schreiben beigebracht hat, ist auch da und so stolz auf mich, dass sie gar nicht mehr aufhört zu klatschen. Der Applaus rauscht in meinen Ohren, und natürlich weiß ich, dass das nur die Autobahn ist, an der ich seit Tagen entlanglatsche. Egal, ich stelle mir vor, es ist Applaus, mein Applaus, dann ist es nicht mehr so schlimm, denn eigentlich ist es immer schlimm.

Wir gehen durch Regen, durch Sturm, durch glühende Hitze und eiskalte Luft, durch Nebel, und einmal fallen Pingpongbälle aus Eis vom Himmel. Das glaubt jetzt wieder kein Schwein daheim, aber wirklich, es waren Pingpongbälle, die vom Himmel fielen, und ich musste lachen. Es war so, als ob jemand da oben wollte, dass wir alle Pingpong spielen, aber dann wurde ich von den Bällen aus Eis getroffen, und das tat weh, als würde ich verprügelt. Am nächsten Tag hatte ich überall blaue Flecke. Das macht nicht mehr viel aus, denn ich habe überall Flecke in allen Schattierungen. Der Fleck am Oberarm ist schon fast grün – dort hat mich ein Mann gerade noch am Arm gepackt, als ich vom Boot ins Wasser gefallen war und vor Schreck aufgehört habe zu atmen.

Mama, es tut mir leid, ich habe nicht aufgepasst, ich bin ins Wasser gefallen, und meine Reise ist jetzt schon zu Ende. All das Geld, das du und Tante Zia und Omama für diese Reise gespart habt, alles futsch. Es ist vorbei, vorbei. Schaut mir zu: Ich sinke auf den Meeresgrund, und dort werde ich leben mit den Fischen und Krabben, und ein Meerjungfrauenschwanz wird mir wachsen, blaugrün und glitzernd, ans andere Ufer werde ich schwimmen und bei euch wieder rauskommen. Dort, wo wir bei Omama und Opa immer in den Sommerferien waren. Ich werde nicht auf dich zulaufen können, Mama, weil ich keine Beine habe, nur meinen Meerjungfrauenschwanz. Auf einem Stein werde ich sitzen und auf dich warten, auf euch alle warten, so wie die kleine Meerjungfrau auf ihrem Stein in einem dieser kalten Länder im Norden, ich habe vergessen, welches. Finnland, Dänemark, Schweden, wo alle immer hinwollen, aber ich habe den Verdacht, dass da ständig Pingpongbälle aus Eis vom Himmel fallen. Wie kann man so leben, frag ich mich.

Vater hat mir manchmal aus dem Märchenbuch vorgelesen, die kleine Meerjungfrau war unser Lieblingsmärchen. So traurig, dass wir beide weinen mussten, wenn die arme kleine Meerjungfrau ihren Prinzen nicht bekommt, obwohl sie sich extra Beine hat wachsen lassen. Das weiß ich noch, aber Mama, du weißt es nicht, wir haben nie darüber gesprochen, wir haben überhaupt nie viel gesprochen miteinander, und dann gar nicht mehr, als Vater nicht mehr da war. Danach hast du nur noch Dinge gesagt wie: »Heb deine Sachen auf. Iss nicht zu viel, wir wissen nicht, ob wir morgen noch was haben. Pass auf deine Geschwister auf. Sei vernünftig. Geh nicht aus dem Haus. Und wenn du aus dem Haus gehst, dann sieh dich um. Wirf dich sofort auf die Erde, wenn du Schüsse hörst. Am besten gehst du gar nicht mehr aus dem Haus.«

»Auch nicht in die Schule?«

»Nein, auch nicht mehr in die Schule.«

Ich war schon fast am Meeresboden angelangt, bereit für ein Leben als Meerjungfrau, für immer träumend von Sonne und freundlichen Menschen, als mich jemand am Arm packte und nach oben riss, mich zurück ins Boot hievte, auf den Boden legte wie einen zappelnden, großen Fisch und mir auf den Rücken schlug, bis ich eimerweise Salzwasser ausspuckte. Noch mal gut gegangen, sollte ich wahrscheinlich denken, aber da war ich mir nicht sicher. Die Reise war so schrecklich, dass ich manchmal wünschte, ich wäre tot, aber wie man sich genau fühlt, wenn man tot ist, kann einem niemand sagen, und deshalb wünschte ich es mir dann doch nicht wirklich.

Der dunkellila Fleck an meinem Oberschenkel stammt von einer Autotür, die mir jemand entgegenschlug, um zu verhindern, dass ich mich mit ins Auto zwänge, um ein Stückchen zu fahren und meine kaputten Füße zu schonen.

Die tintenblauen Flecke an meinen Schienbeinen hab ich von all den Wegen und Straßen, wo ich vor Müdigkeit gestolpert oder geschubst worden bin. Ich gehöre jetzt zu den Erwachsenen, keiner nimmt Rücksicht, aber eigentlich bin ich doch noch ein Kind, auch wenn ich es oft nicht mehr sein mag. Nur manchmal. Ein bisschen. Es wäre zum Beispiel schön, getragen zu werden. Ich sehe die Kinder auf den Schultern ihrer Väter und beneide sie. Zu den Kindern sind die Erwachsenen meist nett, aber untereinander sind sie es nicht, und deshalb möchte ich nicht zu ihnen gehören. Aber zu den Kindern gehöre ich auch nicht mehr und deshalb ist niemand nett zu mir.

Die Beule am Kopf hab ich mir geholt, als ich mich in der Menschenmenge nach vorn gedrängt habe, um ein Mineralwasser zu ergattern, aber ein Junge kam mir zuvor. Direkt vor mir sprang er in die Höhe und traf mich mit seinem metallharten Ellbogen am Kopf. Lautlos sank ich um wie eine Blume, die man abschneidet, ziemlich elegant, dachte ich noch, und: Welche Blume bin ich? Eine rote Tulpe, eine rosa Rose, ein weißes Gänseblümchen?, da wurde alles um mich herum unscharf und dann ziemlich schwarz.

Als ich wieder zu mir kam, saß der Junge neben mir und hielt mir eine Flasche Wasser entgegen, die war sogar noch voll. Das war echt nett von ihm. Ich trank genau die Hälfte, ganz exakt die Hälfte. Ich bin gut im gerechten Teilen, das hab ich mit all meinen Brüdern so gemacht, mit Tem, Kiri, Baz und Litji. Alles durch fünf teilen ist gar nicht so einfach, aber ich hab das immer hinbekommen, ganz genau und ganz gerecht. Jetzt vermisse ich die Idioten sogar manchmal, ihr Geheul und Geschrei, selbst ihre dummen Späße.

Ich trank also genau die Hälfte und gab die Flasche zurück. Der Junge war mindestens ein Jahr jünger als ich, hatte bestimmt noch nicht mal Flaum unter den Achseln, seine Haare waren verfilzt und ungewaschen wie meine. Ziemlich dünn, auch wie ich.

Er grinste breit, das gefiel mir, während er die Flasche in einem Zug leerte, ohne abzusetzen. Alle Jungen, die ich kenne, können so trinken. Ich muss immer in kleinen Schlucken trinken, einen nach dem anderen, wie ein Mädchen, das ärgert mich.

Überhaupt dieses Mädchensein, ich frage mich, was das für Vorteile haben soll. Meine Brüder werden von der Mutter nur halb so viel ermahnt, und es wird ihnen nie und niemals damit gedroht, sie könnten eine Schlampe werden. Es scheint keine männliche Entsprechung zur Schlampe zu geben, keinen Schlamperich oder Schlampus oder Schlamp, nichts. Das finde ich ungerecht.

Der Junge trug ein gelbes T-Shirt mit schwarzen Streifen. Er deutete auf die Blasen an meinen Füßen und sagte in meiner Sprache: »Die musst du aufstechen, sonst entzünden sie sich.«

»Nein«, widersprach ich sofort, »du darfst sie eben nicht aufstechen, denn sonst entzünden sie sich.«

»Nicht wahr«, sagte er.

»Doch wahr«, sagte ich.

»Nein.«

»Doch.«

»Nein.«

»Doch.«

Da grinsten wir beide. Ich hatte lang nicht mehr mit jemandem gesprochen. Er sah mich an, und ich sah ihn an, einfach so. Ich hab diesen Tick, ich sehe Leuten gern lang in die Augen, und manche sagen, ich hätte einen hypnotisierenden Blick, der sie beruhigt.

Früher kamen manchmal Leute zu uns, Erwachsene, die die Monster und all das Unglück ganz hibbelig gemacht hatten, sodass sie gar nicht mehr still sitzen konnten, nur damit ich sie anschaue, und manchmal beruhigten sie sich dann. Der Trick ist ganz einfach: Wenn du jemandem lange in die Augen schaust, nicht zwinkerst, nicht zuckst, einfach nur schaust, dann weißt du bald alles über ihn, kennst sein ganzes Glück und seinen ganzen Scheiß, und im nächsten Moment weißt du nicht mehr, ob du noch du oder der andere bist. Das beruhigt mich, weil ich mich dann nicht so allein fühle auf dieser Welt, und das beruhigt dann wohl auch die anderen. Manche Leute halten es nicht aus, sie zwinkern oder schauen weg, aber andere schauen und schauen, bis

Himmel und Erde zusammenkommen und es kein oben und unten mehr gibt.

So einer war dieser Junge. Ich schaute ihm in die Augen, Honigbonbon-Augen, wirklich hübsch. In seinen Augen entdeckte ich etwas, das ich kannte: das miese Gefühl, weggeschickt worden zu sein, um es besser zu haben, wenn man es doch gar nicht besser haben will, sondern nur zu Hause sein möchte. Er zwinkerte nicht, zuckte nicht, schaute nicht weg, sondern schaute zurück. Wir sahen uns an, bis mir schwindlig wurde. Um uns herum ein Wald von Beinen. Jeansbeine, nackte, haarige Männerbeine, glatte Jungenbeine, dünne Kinderbeine, Frauenbeine unter Röcken und Kleidern.

Wir hörten nicht auf, uns anzustarren, bis ich nicht mehr konnte und die Augen schloss. Das war mir noch nie passiert. Immer hatten die anderen zuerst aufgegeben. Der Junge legte mir seine schwitzige Hand aufs Gesicht. Das war seltsamerweise nicht unangenehm. Meine Augenlider flatterten gegen seine Handfläche.

»Lass die Augen zu«, sagte er leise.

»Warum?«

»Lass sie zu, dann sag ich es dir.«

Ich versuchte, seine Hand abzuschütteln, aber sie lag fest auf meinen Augen.

»Hör mal«, sagte der Junge, »wie das alles klingt.«

Erst hörte ich gar nichts, nur die Stimmen der Leute um uns herum, aber dann schwollen sie an zu einem großen Gemurmel wie Steine in einem Bach, ich hörte Babyschreie wie Vogelstimmen, rhythmisches Klatschen, das entsteht, wenn man die Wasserflaschen auffängt, die von LKWs geworfen werden, dazwischen quietschten Autoreifen, raschelten Regenhäute, schlappten Flipflops und husteten streunende Hunde. All diese Geräusche verwoben sich zu einem großen Netz, in dem der Junge und ich sicher saßen, bevor er mir die Hand von den Augen nahm und ich sie mit einem Ruck öffnete. Ich sah ihn nicht mehr. Er war verschwunden. Die Wasserflaschc, aus der wir beide getrunken hatten, lag vor mir auf der Erde, aber er war weg.

Ich war inzwischen dran gewöhnt, dass Menschen auftauchen und einfach wieder verschwinden, aber er hatte nicht nur sein Wasser mit mir geteilt, sondern so nett gelächelt. Und meine Sprache gesprochen. Enttäuscht rappelte ich mich wieder auf, rieb die Beule an meinem Kopf, die er mir mit seinem Ellbogen verpasst hatte.

Ich versuche, ihn nicht zu vermissen, denn das habe ich in den letzten Wochen gelernt: Jemanden vermissen ist, wie mit Gespenstern zu leben. Manchmal denke ich dennoch an ihn, wenn ich die Beule unter meinen Haaren ertaste.

Langsam, ganz langsam bewegen wir uns vorwärts wie eine riesige Raupe, wir wälzen uns durch ein fremdes Land nach dem anderen, und das ist so öd, dass ich mir dauernd was ausdenken muss, um nicht vor Langeweile zu sterben. Manchmal murmele ich bei jedem Schritt ein Wort vor mich hin, bis es sich völlig auflöst und gar kein Wort mehr ist. Einen ganzen Tag lang hab ich »Schule, Schule, Schule« gesagt, dann »Garten, Garten, Garten«, dann »Scheiße, Scheiße, Scheiße«. Das Wort »Schule« klingt irgendwann wie die Schwingen eines großen Vogels, »Garten« wie das Klappern eines Zauns im Wind und »Scheiße« wie zischender Autoverkehr.

Wenn das nicht mehr hilft, stelle ich mir vor, wie ich meinen Brüdern von Ländern erzähle, die so grün sind wie aufgetauter Spinat, wo Pingpongbälle vom Himmel fallen, Hunde Pullover tragen und die Haut der Leute so weiß ist, als hätte sie unsere Mutter mit ihrem Sauberkeitsfimmel zu lange geschrubbt.

»Erzähl keine Geschichten, Pula!«

»Ich schwöre! Alles ist wahr!«

»Ach, Pula.«

Nichts »ach Pula«. Mama, du hast keine Ahnung. Du kennst alles nur aus dem Fernsehen und Internet, du weißt nicht, wie es sich anfühlt, wenn man dauernd friert, wenn der Regen wie ein Vorhang vom Himmel fällt, wie tief der Schlamm ist, durch den wir waten, wie grau der Himmel.

Wie oft haben wir zu Hause drum gebetet, dass es endlich regnet, wenigstens ein kleines bisschen, bevor wir alle verbrennen, und jetzt wünsche ich mir nichts mehr, als in der heißen Sonne zu sitzen und zu schwitzen. Wie früher.

Seit Tagen schlottere ich, als säße ich im Kühlschrank. Aus dem Fernsehen kenne ich diese saudummen Krimis, die meine Mutter so liebt, in denen mehlwurmweiße Männer in Skandinavien dicke Pullover tragen und durch den Schnee stapfen, aber man kann es sich nicht vorstellen, bis man es selbst erlebt. Ich friere wie zuvor nur bei der reichen Riha, die, um anzugeben, bei sich zu Hause die Air Condition aufgedreht hatte, bis wir vor Kälte zitterten. Dann haben wir die Pelzjacken ihrer Mutter aus dem Schrank geholt, sie angezogen und gespielt, wir wären auf einer Schiffsreise zum Nordpol. Ihre kleine Schwester musste den Teppich bewegen, das war unser Meer, und wir beugten uns über die Sessellehnen und taten so, als müssten wir uns übergeben.

Als Riha dann einen Busen bekam, wollte sie nicht mehr Schiffsreise spielen, sondern nur noch küssen üben, und ich sollte immer der Junge sein und sie das Mädchen. Ich sollte eine Hand auf ihren Busen legen und ihn kneten wie einen Brotteig. Das machte ein- oder zweimal Spaß, dann langweilte es mich und ich wollte auch mal das Mädchen sein, aber Riha sagte: »Du? Du hast doch überhaupt keinen Busen. Du kannst nicht das Mädchen sein.«

Als die Monster kamen, spielten wir nicht mehr, und eines Tages war Riha nicht mehr da. Es hieß, ihre ganze Familie sei einfach in ein Flugzeug gestiegen und fortgeflogen mit all ihrem Geld. Nur wenige Tage später legten die Monster ihr schönes Haus in Schutt und Asche. Ich frage mich, ob Riha das weiß, oder ob sie, wenn sie an zu Hause denkt, immer noch ihr tiefgekühltes Haus vor sich hat und die Pelze ihrer Mutter im Schrank. Wenn man etwas gar nicht weiß, ist es dann überhaupt wahr?, frage ich mich.

Manchmal schüttet es so, als säße man in einer Waschmaschine. Ich werde nass bis auf die Unterhose. Sie wäscht sich also praktisch am Leib, Mama. Bist du jetzt zufrieden?

Ich bekam eine hässliche Jacke geschenkt, die mir bis zu den Knien reichte und nach feuchtem Keller roch. Ich wollte sie gar nicht anziehen, so scheußlich war sie, aber als wir unter Stacheldraht durchkriechen mussten, band ich sie mir zum Schutz um den Rücken, und sie blieb im Stacheldraht hängen. Ich musste laufen, denn da kamen schon Polizisten, die aber in ihren schweren Stiefeln viel zu langsam waren, um mich aufzuhalten.

»Sei dankbar. Beklag dich nicht. Erwarte nichts. Sei freundlich, dann kommt die Freundlichkeit zu dir zurück.«

Du hast keine Ahnung, Mama.

Drei lange, lange Tage warten wir vor einer Grenze. Hier gibt es keinen Stacheldraht, aber Grenzbeamte, die jeden befragen und ein Foto machen und Fingerabdrücke nehmen. Was danach geschieht, ist unklar. Gerüchte kursieren, manche davon in meiner Sprache. Es heißt, man wird in Bussen in wunderschöne Häuser gefahren, in denen es gutes Essen gibt und weiche Betten. Andere behaupten, die Busse fahren direkt ins Gefängnis, wieder andere sagen, man wird sofort zum Flughafen gebracht und dorthin zurückgeflogen, wo man hergekommen ist.

Ich weiß nicht, was ich glauben soll. Warum sollte mir jemand einfach so ein schönes Haus, gutes Essen und ein weiches Bett geben? Warum? Ich kann mir keinen einzigen Grund vorstellen. Auf der anderen Seite gibt es immer wieder fremde Leute, die uns Klamotten schenken, belegte Brote und Wasser. Aber gleich ein ganzes Haus? Die Version zwei erscheint mir am wahrscheinlichsten, Version drei ist unmöglich, denn zu Hause gibt es keinen Flughafen mehr. Kaputt. So wie alles kaputt ist, als hätten ein paar durchgedrehte Jungs mal kurz ein gigantisches Scheißvideospiel gespielt. Oh, tut uns leid, jetzt ist alles kaputt. Aber es tut niemandem leid, und wir tun auch niemandem so richtig oder für länger leid, was, ehrlich gesagt, auch okay ist, denn jemandem leid zu tun, fühlt sich an wie Zahnschmerzen im Gehirn.

Ich will niemandem leidtun, wirklich nicht. Ich will kein Haus und den ganzen Kram, ich will ganz einfach, dass alles wieder ist wie früher, das will ich. Das ist das Dümmste, was man sich wünschen kann, ich weiß, denn so wird es nie mehr sein, deshalb darf man es auf keinen Fall denken, sonst bekommt man schwache Knie und das Geflenne geht wieder los.

Ins Gefängnis will ich nun aber auch nicht. Warum also soll ich da lange in der riesigen Schlange stehen, um erst die vier Finger der rechten Hand und dann der linken auf einen kleinen Apparat zu legen und in eine Kamera zu grinsen, wenn ich am Ende im Gefängnis lande?

Wie ein unruhiges Pferd trete ich von einem Fuß auf den anderen, während alle anderen dumpf und stumpf dastehen, als hätten sie Holzwolle im Hirn. Sie verströmen ihre

Mutlosigkeit wie ein Gift. Ich will das nicht. Will nicht sein wie sie. Alle Kraft nehme ich zusammen, renne los, wie im letzten Schulsportwettkampf vor zwei Jahren, als ich mit einem Mal gelaufen bin, als hätte ich einen Motor im Hintern. Da rannte ich so schnell wie nie zuvor und musste, während ich rannte, grinsen. Mann, war ich schnell! Pula, die sonst nichts auf die Reihe bekommt, die weder besonders beliebt noch verhasst ist, die immer noch aussieht wie ein Junge, während alle anderen schon aussehen wie richtige Frauen, die schüchtern ist und das Maul nicht aufbekommt, außer zum Geschichtenerzählen, diese Pula läuft mit einem Mal schneller als alle anderen.

Ich riss meine Beine in die Höhe, lief weiter in der Luft, katapultierte meinen Körper nach vorn und landete weit, weit vorn im Sandbecken und wurde Gewinnerin im Weitsprung vor Mishmi, Kata, Erwo und Riha, der ihr großer Busen im Weg war. Unglaublich. Einfach unglaublich. Tagelang grinste ich vor mich hin und hielt meine Goldmedaille selbst nachts im Bett noch umklammert, weil ich es nicht glauben konnte.

Das ist gar nicht so lange her, aber es fühlt sich an wie eine Ewigkeit. Da war noch alles gut, obwohl ich damals gesagt hätte, dass gar nichts gut war und ich nur Probleme hatte: in der Schule, mit meinen Brüdern, meiner Mutter, selbst mit meinem Vater, der streng mit mir und nachsichtig mit meinen Brüdern war, sodass ich vor Eifersucht kochte. Ich hatte ja keine Ahnung. Alles war richtig gut, mein Vater noch am Leben, die Mutter meckerte wenig und lachte viel, die Geschwister waren einfach nur doof, die Luft roch süß nach Zuckerrohr, und morgens hörte man nichts als Vogelgezwitscher. So toll war es, als ich dachte, mein Leben sei blöd.

Die Medaille hab ich mitgenommen, sie in meinem Rucksack übers Meer getragen und durch all die fremden Länder, keine Ahnung, warum ich sie eingepackt habe. Vielleicht, weil es meine einzige ist. Nie wieder hab ich was gewonnen. Gab ja auch nichts mehr zu gewinnen, weil es keinen Sportunterricht mehr gab und dann bald auch keine Schule mehr. Darüber hätte ich früher vor Freude im Kreis getanzt, aber als die Monster die Schule zerstört hatten, saß ich jeden Tag wie eine traurige Katze am Fenster und träumte vom Unterricht.

Ich greife in den Rucksack, hole die Medaille raus, hänge sie mir um, als müsse das einfach so sein, und dann laufe ich los. Schaue meinen Beinen zu, wie sie abwechselnd vor- und zurückschnellen. Schere aus der Menschenschlange aus, laufe schräg über eine Wiese in ein Maisfeld hinein. Pflüge mich durch den Mais wie eine Mähmaschine, werde von Mücken gestochen, von Käfern gebissen und anderen mir unbekannten Insekten verfolgt. Die Fernsehkamera über mir ist meine geheime Show. »Schaut sie an, diese Pula, wie sie rennt! Unglaublich, dieses Mädchen, einfach unglaublich! Wenn ihr wollt, dass sie gewinnt, dann wählt die 7777, dieses Mädchen ist der Hammer!«

Auf der anderen Seite tauche ich wieder auf aus dem Maisfeld. Dort könnte jetzt ein mächtiges Schloss liegen, Reiter mit Standarten auf mich zu galoppieren und mich begrüßen, so Game-of-Thrones-mäßig. Das konnte ich immer nur bei der reichen Riha sehen, die hatte Internet rund um die Uhr. Bei ihr sah ich Serien und Youtube-Videos, bis mir schlecht war, wie nach zu fettem Essen, aber ich konnte nicht aufhören. Ich wusste nie, wie lange sie mich noch als Freundin akzeptieren würde.

Riha, ich vermisse dich.

Natürlich ist da kein Schloss, nur noch eine Wiese und noch eine und ein Bach. Ich reiße die Beine hoch, springe über den Bach, der sehr, sehr breit ist, wahrscheinlich springe ich weiter als beim Schulsport. Ich strauchele, falle hin, mein Herz klopft so wild, dass ich denke, es wird mir gleich aus dem Mund springen und pochend rot im grünen Gras landen.

Ich lege mich auf den Bauch, ganz still, nur das »Bammbammbamm« meines eigenen Bluts im Ohr. Hinter mir höre ich Wasser platschen, da hat wohl noch jemand versucht, über den Bach zu springen und es nicht geschafft. Tja, gar nicht so leicht. Oder ist es jemand, der mich verfolgt? Keuchend rappele ich mich auf, verstecke mich hinter einem Baum, kann nicht mehr laufen, schaffe es einfach nicht mehr. Ich sehe nicht, wer im Bach gelandet ist, weil die Böschung zu hoch ist. Etwas kriecht klatschnass raus auf allen vieren, etwas Gelbes mit schwarzer Musterung, ein Junge. Der Junge!

Er sieht aus wie ein großer Lurch. Gelbschwarz gesprenkelte Lurche gab es im Garten meines Großvaters, als da noch ein Haus war und ein Garten und mein Großvater noch wusste, wer er war und wer ich. »Pulalila« nannte er mich. Als die Monster meinen Vater holten, wusste er plötzlich nichts mehr. Er hielt meine Brüder abwechselnd für meinen Vater als Kind, er vergaß meinen Namen, er nannte mich nie mehr Pulalila und dachte, Tante Zia sei seine Schwester. »Das Schicksal meint es gnädig mit ihm«, sagte Tante Zia, »er weiß einfach nicht mehr, wie furchtbar alles ist.«

Die Lurche in seinem Garten lebten unter den feuchten Steinen, ihre Haut war glatt und kühl, auch wenn es so heiß war, dass man kaum atmen konnte. Wir fingen sie mit der Hand und legten sie uns auf die Haut und stießen spitze Schreie aus vor Entzücken. Gedanken an zu Hause sind wie Nadelstiche, ich darf diese Gedanken nicht denken, aber der Lurch dort im Gras hat mich abgelenkt und mich daran erinnert, und jetzt tut es weh.

Wütend stapfe ich durchs Unterholz. Soll der Lurch sehen, wo er bleibt. Aber während ich so weiterlaufe, spüre ich, wie sich ein Faden spinnt zwischen mir und dem Lurch, zart wie ein Spinnenfaden, und ohne mich nach ihm umzusehen, weiß ich, dass er mir folgt.

Auf einer kleinen Lichtung bleibe ich stehen, drehe mich um, und da steht er, nur wenige Schritte hinter mir, schlotternd, nass und jämmerlich. Und so dünn, so dünn! Nichts hat er dabei, keine Tasche, keinen Rucksack, nichts.

Die Sonne fällt durch die dunklen Bäume und malt einen grün-schimmernden Kreis ins Gras. Der Lurch starrt mich an und ich starre ihn an, und da beruhigt sich der Sturm in mir von den vielen Tagen dieser verfluchten Reise wie das Meer, wenn der Wind nachlässt. Ich nehme seine Hand, ziehe ihn in den Sonnenkreis, setze mich auf die Wiese, öffne meinen Rucksack. Er bekommt ganz große Augen, weiß der Teufel, was er erwartet. Ich ziehe mein zweites Hemd raus und den langen lila Rock, den ich nicht ausstehen kann, den mir Mutter aber eingepackt hat.

»Zieh den Rock an, hörst du mich? Wenn du es mit Offiziellen zu tun bekommst, dann zieh den Rock an. Verhalt dich anständig. Sei höflich. Schau sie nicht direkt an, du starrst immer so. Das ist unhöflich, hörst du? Starr die Leute nicht so an. Und zieh den Rock an oder willst du aussehen wie eine Schlampe?«

Nie wieder ziehe ich diesen Rock an, Mama, nie mehr.

Wortlos halte ich dem Lurch Rock und Hemd entgegen. Er hat die Wahl. Entweder schlottert er weiter in seinen nassen Hosen oder er zieht meinen verdammten Rock an. Ich hasse diesen Rock. Ein einziges Mal hab ich ihn angezogen und schon hat mich ein Typ betatscht. Ich werde nie vergessen, wie und wo er mich berührt hat, und schuld daran war der Rock. Das erzähle ich dir nicht, Mama, nein, das erzähle ich dir nicht.

Den Kopf zwischen die Knie gebeugt, sehe ich trotzdem, wie der Lurch sein nasses, gelbes Hemd auszieht. Keine Haare unter den Achseln. Ein Baby. Ich kichere ganz blöd und wundere mich über das Geräusch, so lange hab ich nicht mehr gekichert, da tippt er mir auf die Schulter, ich sehe auf und er trägt wirklich meinen Rock. Der Rock sieht cool aus an ihm. Das hat er an mir nie geschafft. Einen kurzen, roten Seidenrock hatte ich mir gewünscht, der um die Beine flattert und sich im Wind aufbläht wie ein Fallschirm, als könne man gleich mit ihm wegfliegen, aber den hab ich natürlich nicht bekommen, sondern dieses lange scheußliche Ding.

Es ist seltsam, wie meine Mutter es immer wieder schafft, mir die hässlichsten Klamotten zu schenken, obwohl ich ganz genau sage, was ich will. Und dann glaubt sie auch noch, dass es gar keinen großen Unterschied zwischen den beiden gibt, der lila Rock sei sogar schöner als der rote und auch viel besser zu waschen. Ganz gleich, wie scheußlich etwas ist, wenn es gut zu waschen ist, ist es für meine Mutter perfekt. Die Waschmaschine ächzt und keucht, so alt ist sie schon, und wenn es keinen Strom gibt, müssen wir die Klamotten ungewaschen wieder anziehen. Außer den Unterhosen, die wäscht meine Mutter dann in der Küche in einem großen Topf, sie stellt ihn auf den Herd und kocht die Unterhosen, als wolle sie sie uns zum Abendessen servieren, einmal Unterhose mit Senf, bitte. Sie flucht dabei, dass sie im Leben nicht gedacht hätte, jemals wieder Wäsche auf dem Herd auskochen zu müssen wie im letzten Jahrhundert. Nie hätte sie gedacht, dass wir alles verlieren würden, was wir zuvor für selbstverständlich gehalten haben. Daran sind die Monster schuld.

Das muss für sie sehr viel schlimmer sein als für mich, denn im Verhältnis zu mir hat sie sehr viel länger Zeit gehabt, sich an ein schönes Leben zu gewöhnen. Tja, das schöne Leben.

»Wo ist unser schönes Leben?«, ruft sie oft, als hätte es sich irgendwo versteckt und wir müssten es nur suchen und dann würden wir es schon wieder finden. »Wo ist unser schönes Leben?«, ruft sie und weint. Ich kann es nicht ausstehen, wenn sie weint. Es macht mich hilflos und wütend. Ich kann es ihr nicht zurückbringen, ihr schönes Leben, also schickt sie mich weg, damit ich ein schönes Leben hab. Wenigstens ich.

Ich streng mich an, Mama, aber ich hab es bisher nicht gefunden, dein schönes Leben.

Der Lurch streicht den Rock glatt, breitet die Arme aus, dreht sich im Kreis und grinst sein hübsches Grinsen. »Wie schön du bist«, sage ich als Witz, aber es ist gar kein Witz, er ist wirklich schön. Wie kann ein Junge in einem scheußlichen Rock schön sein? Ich weiß darauf keine Antwort. Man muss es wohl einfach ausprobieren. Vielleicht ist er schwul. Noch so ein Wort, das meine Mutter nicht ausspricht. Da kommt dann keine Tante zu Besuch, sondern sie nennt das »vom anderen Ufer«, und ich sehe immer einen breiten Fluss vor mir, auf der einen Seite stehe ich und drüben die vom »anderen Ufer«. Sie winken und rufen und ich verstehe nicht, was sie meinen.

Mir ist es völlig egal, ob der Lurch schwul ist oder nicht. »Glaub bloß nicht, dass ich deinen blöden Rock gern anhabe«, sagt er, »aber ich versteh euch Mädchen jetzt besser. Man hat so ein schön luftiges Gefühl zwischen den Beinen.« Er dreht sich und der Rock bläht sich auf wie eine große lila Glockenblume.

Mama, du hast von vielen Dingen echt keine Ahnung. Du weißt nicht, dass man es sich nicht aussucht, ob man schwul ist oder nicht, so wie man es sich nicht aussucht, ob man als Frau auf die Welt kommt oder nicht. Du weißt nicht, dass es ziemlich dumm ist, auf dieser Reise auszusehen wie ein Mädchen, und dass man auf keinen Fall einen Rock anziehen sollte. Nein, ich bin nicht vergewaltigt worden, falls du das denkst, aber ich weiß jetzt Dinge, die ich lieber nicht wüsste.

Die Leute erzählen Geschichten von Mädchen, die auf dem Klo überfallen wurden, die von einem festgehalten wurden, während drei andere über sie hierfielen, ich weiß nicht, ob diese Geschichten stimmen, sie werden erzählt, und sie sind wie Gift, das einem durch die Adern fließt, ob man will oder nicht. Der Mann, der mich angefasst hat, war nicht alt, er hatte noch gar keinen richtigen Bart, er machte es fast im Vorbeigehen, er griff mir unter den verdammten Rock, so schnell, dass ich gar nicht recht verstand, wie mir geschah.

Der Lurch dreht sich in meinem Rock schneller und immer schneller, bis er ins Gras fällt und sich nicht mehr rührt.

Ich lege mich neben ihn. Wir sprechen nicht, aber das scheint auch nicht nötig. So, wie wir da nebeneinanderliegen, das weiche Gras grün, die Sonne gelb, der Himmel blau über uns, fehlt mir einen kurzen Augenblick lang gar nichts. Ein Wunder, denn eigentlich fehlt mir seit Wochen ständig etwas und jemand und überhaupt.

Ich rücke näher an den Lurch heran, er schiebt seinen Arm unter meinen Kopf, ich rücke noch ein wenig näher, bis ich die Kuhle seiner Achselhöhle gefunden habe. Von dort aus sehe ich meinen lila Rock, als trüge ich ihn selbst. Ich weiß nicht mehr genau, wo ich eigentlich aufhöre und er anfängt, während ich in den Schlaf taumele.

Wovon haben wir geträumt?

»Ich war an einem warmen Ort, der nach frischem Brot gerochen hat.«

»Ja, genau dasselbe hab ich auch geträumt«, sagt er. »Von einem frischen, knusprigen Kringel mit Mohnsamen.«

»Meiner hatte Sesamsamen.«

»Echt? Auch 'n Kringel?«

»Ja, auch 'n Kringel. Und so frisch, dass er noch warm war.«

Wir seufzen einen gemeinsamen Seufzer, der in die Baumwipfel aufsteigt und darin verschwindet. Ich höre unsere Mägen grummeln.

Wir rappeln uns auf und wandern noch ganz schläfrig umher. An einem Strauch finde ich dunkelrote, süß riechende Beeren, aber ich trau mich nicht, sie zu essen, sie sind fremd und vielleicht giftig. In der hohlen Hand trage ich sie zum Lurch, der sie gar nicht genau anschaut, sondern mit einer einzigen Bewegung in den Mund wirft.

Oh, da halten die Zuschauer meiner geheimen Show den Atem an. Gleich wird er umfallen und sich winden wie ein

Wurm, Schaum vorm Mund bekommen, und dann ist er auch schon hin, und das arme Mädchen ist ganz allein im Wald und einsamer als je zuvor.

Furcht packt mich. Ich riegele alles ab, was ich an Gedanken und Gefühlen habe, verschließe alle Eingänge, sperre so gut ab, dass ich mich fühle wie ein Stück Holz. Wenn der Lurch jetzt an den Scheißbeeren stirbt, dann geh ich einfach weiter. Ich werde mich nicht umdrehen, einfach weitergehen, nicht nachdenken, nicht nachdenken, weiter, geh weiter, Pula! Geh schon! Worauf wartest du?

Stumm sieht er mich an, schluckt so komisch, dann nickt er und sagt: »Gut. Die sind gut. Die sind saugut!«

»Aha«, sage ich unbeeindruckt. Das Stück Holz zurückzuverwandeln in die lebendige Pula kostet Anstrengung, und ich frag mich, ob es nicht überhaupt einfacher wäre, ein Stück Holz zu bleiben, aber der Lurch pikt mich mit dem Zeigefinger in die Seite, triezt und schubst mich zu den Sträuchern mit den roten Beeren, klaubt sie ab und stopft sie mir in den Mund. Als ich die erste zerbeiße und der himmlische Geschmack schockartig auf meiner Zunge explodiert, kehre ich ins Nichtholzleben zurück. Ich kann gar nicht mehr genug bekommen von diesen Wunderbeeren.

Wir setzen sie auf die Fingerkuppen und essen um die Wette, der rote Saft schminkt uns die Lippen, wir essen und essen und als wir nicht mehr können, sagt er schon wieder: »Mach die Augen zu.« Das sagt er offensichtlich gern.

»Warum?«

»Darum.«

Aus Spaß gehorche ich. Brav schließe ich die Augen. Als Nächstes spüre ich was sehr Weiches an meiner Wange.

»Wie fühlt sich das an?«

»Keine Ahnung.«

»Denk nach«, sagt er.

»Ich denke ja schon.«

»Denk mehr nach.« Er klingt streng für einen Jungen, der mindestens ein Jahr jünger ist als ich.

Versucht er mich zu küssen? Sofort fällt mir das blaue Hemd ein, der Junge mit dem blauen Hemd, in den ich bis zur Geisteskrankheit verknallt war. Ich kannte ihn nicht, hatte ihn nie zuvor in unserer Schule gesehen. Er küsste mich eines Morgens einfach so im Flur vor dem Physikraum. Kam auf mich zu, sagte kein Wort und küsste mich. Der Kuss war lang und süßer als Zucker. Ich hätte in meinem Leben am liebsten nichts anderes mehr getan, als zu küssen. Und dann war es schon wieder vorbei, er war weg, ich sah nur noch sein blaues Hemd von hinten. Danach traf ich ihn nicht mehr wieder. Keiner kannte ihn, fast war es so, als hätte mich ein Gespenst geküsst.

Ich suchte ihn in jeder Pause auf dem Schulhof, in jedem Flur, vor jeder Klasse. Bald danach wurde die Schule bombardiert, und da konnte ich ihn nicht mehr suchen. Wie oft habe ich an diesen Kuss gedacht und versucht, ihn in seiner ganzen Länge und Süße nachzuschmecken! So oft, dass er inzwischen schon ein bisschen verblasst ist, wie ein buntes

Stück Stoff, das zu lange in der Sonne gelegen hat. Das blaue Hemd, in Gedanken nenne ich ihn immer nur »das blaue Hemd«.

»Also?«

»Also was?«

»Woran erinnert dich das?«

»Ich weiß es nicht. Mach's noch mal.«

Wieder berührt etwas sehr Weiches meine Wange.

»Mensch«, sagt er, »fällt dir denn gar nichts ein? Das fühlt sich doch an wie ein Pferdemaul, ein weiches Pferdemaul, spürst du das denn nicht?«

Doch, jetzt erkenne ich es. Ein sanftes Pferdemaul mit Barthaaren, genauso fühlt es sich an, dabei kenne ich gar nicht so viele Pferde.

»Mach es mal bei mir«, sagt Lurch, er schließt die Augen und ich tupfe die rote Beere sanft auf sein Gesicht und puste meinen Atem hinterher.

Er grinst mit geschlossenen Augen. »Du musst mehr so in einem Stoß ausatmen«, sagt er.

Ich atme wie ein Pferd in sein Gesicht. Er sieht süß aus, wie er da so liegt mit geschlossenen Augen. Lurchi, denke ich. Ab jetzt nenne ich dich Lurchi.

»Wir hatten ganz viele Pferde«, sagt er. »Na ja, zwei. Aber zwei wunderschöne. Die schönsten.«

Wir schweigen traurig. An zu Hause denken macht immer traurig. Regel Nummer eins: Denk so wenig du kannst an zu Hause.

Wir nennen die Beeren Pferdemaulbeeren.

»Was ist das?« Lurchi greift nach meiner Goldmedaille, die immer noch um meinen Hals baumelt.

»Nichts«, sage ich und mache einen Schritt zurück, aber er hält sie fest und liest laut vor: »1. Platz im Weitsprung. Pula Xerximon. Und das bist du? Pula Xerximon?«

Ich nicke.

»Wenn sie rausfinden, wie du heißt, dann versuchen sie, dich im Computer zu finden. Und wenn sie dich finden, schicken sie dich zurück.«

»Blödsinn. Tun sie nicht.«

»Tun sie doch.«

»Sie schicken keine Kinder zurück.«

»Wir sind keine Kinder. Ich bin jedenfalls kein Kind.«

»Bist du doch.«

Er grinst frech. »Ich bin ein Mann.«

Ich lache. »Du bist ein Baby. Und sie schicken keine Babys zurück.«

»Früher nicht. Jetzt schon.«

»Woher weißt du das?«

»Ich weiß es einfach.«

»Ich glaub dir kein Wort.«

»Dann probier es aus, Pula Xerximon.«

Wir schweigen einen langen Moment. Lurchi haut mit einem kleinen Zweig auf sein Knie unterm lila Rock. »Herzlichen Glückwunsch«, sagt er. »Zum 1. Platz, meine ich.«

Jetzt wäre eigentlich der richtige Augenblick, ihn nach seinem Namen zu fragen, aber das mache ich nicht, und er sagt ihn mir auch nicht. Es passt sowieso kein Name besser zu ihm als Lurchi. Oder manchmal Lurch, wenn er so erwachsen tut.

Seine Kleider trocknen nicht in der schwachen Sonne, und so behält er den lila Rock an. Die Sonne scheint hier kraftlos, als hätte sie eine schwere Krankheit und müsse sich ständig schonen.

»Warum scheint die Sonne hier nicht richtig?«, frage ich.

»Weil wir im Norden sind, du Dummi.«

»Weiß ich doch«, sage ich, »und wehe, du sagst noch ein Mal Dummi zu mir.«

»Dummi.«

Ich schubse ihn, er schubst zurück, ich knalle ihm eine, mit einem Mal prügeln wir uns, liegen keuchend und ineinander verknäult auf dem Waldboden und wissen schon nicht mehr, warum wir uns prügeln. Doch, ich weiß es doch. Weil wir beide hundstraurig sind und glauben, dass es weggeht, wenn wir uns hauen.

Als wäre nichts gewesen, stehen wir wieder auf, wandern tiefer in den Wald hinein, trinken aus einem kleinen Bach, bauen aus Steinen ein kleines Wehr, spielen wie kleine Kinder. Das lenkt uns ab, wir wissen es beide, also spielen wir weiter, bis der nächste Hunger kommt und wir wieder Pferdemaulbeeren essen, die den Hunger aber nicht besänftigen. Lurchi presst sich die Hände auf den Bauch und stöhnt.

Es wird langsam dunkel. In der Dämmerung wird der Wald grau, als würde man die Farbe wegdrehen.

Lurchi baut ein Nest aus Moos, und als es fertig ist, bietet er es mir mit einer Handbewegung an, die mich rührt. Fast fange ich an zu flennen, was ich gerade eben noch mit dem Holztrick verhindern kann, denn ich möchte nicht vor einem kleinen Jungen heulen, das fehlt ja noch. Abwechselnd fühle ich mich wie eine Erwachsene und wie ein Kind, ganz schnell hintereinander, als würde man ein Licht an- und ausknipsen.

Lurch geht ein paar Schritte weg, zieht den Rock hoch und pinkelt gegen einen Baum. Wie lässig es doch ist, pinkeln zu können wie ein Mann. Dass Frauen nicht so pinkeln können, begleitet mich auf der ganzen Reise als ungerechtes Riesenproblem. Oft gibt es nirgendwo einen Baum oder einen Strauch, hinter den man sich hocken könnte. Frauen mit größeren Familien halten sich gegenseitig ein Tuch in die Höhe, hinter das dann jede einzeln geht, aber man kann sich schlecht dazustellen und fragen: »Darf ich auch mal hinter Ihr Tuch …?«

Manchmal muss ich so dringend pinkeln, dass ich Angst habe, mir in die Hose zu machen. An nichts anderes kann ich dann denken. Und die Männer? Pinkeln überallhin, brauchen noch nicht mal einen Baum.

Ich gehe weit in den Wald hinein, bis Lurchi mich nicht mehr sehen kann, was ich daran überprüfe, dass ich ihn auch nicht mehr sehe. Erst dann traue ich mich, mich hinzuhocken. Ich frage mich, warum ich mich schäme, die Jungen aber nicht. Wo ist der Unterschied? Ich versteh's nicht.

Als ich mir die Hose hochziehe und zurückgehen will, finde ich ihn nicht mehr. Kann ihn auch nicht bei seinem

Namen rufen, weil ich den ja nicht kenne. Ich irre umher und habe Angst, ihn verloren zu haben, und das alles nur, weil ich mich beim Pinkeln schäme.

»Hey«, schreie ich, »wo bist du? Hey! Pferdemaul, wo bist du denn?«

»Hier«, sagt er gleich hinter mir, »brüll doch nicht so, ich bin ja hier. Und nenn mich nicht Pferdemaul.«

Ich kann sein Gesicht nicht sehen in der Dunkelheit, keine Ahnung, ob er grinst. Ich bin so froh, dass ich ihn wiederhabe, dass ich ihm fast um den Hals falle. Fast.

»Da bist du ja.« Das ist alles, was ich sage.

Ich lege mich in sein Moosbett, das nach Erde riecht und nach Pilzen, und ziehe die Knie an. Er legt sich dicht hinter mich, wärmt mich aber nur schwach, weil er so dünn ist. Ich spüre sein Zittern wie mein eigenes, gemeinsam zittern wir wie ein einziger Körper. Der Wald um uns herum versinkt in Dunkelheit. Lurchi stöhnt.

»Hunger?«, frage ich.

»Ja, als hätte ich 'ne Ratte im Bauch.«

»Ne Ratte?«

»Ja, wenn ich Hunger hab, kommt die Ratte und frisst mich von innen auf.«

»Kenn ich«, sage ich leise.

Um uns herum scharrt und knistert es, fremde Tiere geben fremde Laute von sich. Immer wieder schrecke ich hoch und Lurch klopft mir auf den Rücken, bis ich mich wieder hinlege.

»Hast du 'ne Ahnung, ob es hier wilde Tiere gibt?«

»Keine Ahnung.«
»Ich hab was von Bären gehört.«
»Und ich von Wölfen.«
Ich trau mich nicht zu schlafen.
»Ich pass ja auf dich auf«, sagt er, und da muss ich dann doch lachen.
»Du auf mich?«
»Ja, blöde Kuh, ich auf dich.«
»Okay«, sage ich, »dann mach mal.«
»Mach ich ja.«
Und dann ist er es, den ich leise hinter mir schnarchen höre, so ein Babyschnarchen, kein Männerschnarchen. Ich spüre seinen Atem an meinem Hals. Er hat keine Haare unter den Achseln, bei ihm bin ich sicher. Vorsichtig, um ihn nicht zu wecken, hole ich mein Handy aus der Tasche, um kurz meine Mutter anzuschauen, nur ganz kurz, aber das verdammte Handy bleibt schwarz und stumm. Vor Schreck gebe ich ein seltsames Geräusch von mir, ein Jaulen, aber Lurchi rührt sich nicht. Ohne die Verbindung über mein Handy habe ich das Gefühl, meine Familie oder ich seien gerade gestorben. Der Kummer senkt sich über mich wie eine eiskalte Decke. Ich starre in den Wald. Ein Reh taucht aus dem Unterholz auf und betrachtet mich beunruhigt, bevor es davonspringt und sein weißes Hinterteil im Mondlicht leuchtet.

Als kleines Kind habe ich davon geträumt, im Wald zu leben, weil ich dachte, dass der Wald eine einzige Disneynummer ist, mit singenden Erdmännchen und putzigen

Rehlein. Aber wie wir da so liegen im dunklen Wald, kann uns jedes Tier zuschauen, sich auf uns stürzen, von Bäumen auf uns herabspringen, sich aus der Erde herauswühlen und uns attackieren. Vielleicht gibt es Drachen in diesem Wald, auf deren Rücken wir uns versehentlich unser Moosbett eingerichtet haben. Grölend erwachen sie, schütteln ihr verwarztes Haupt und fletschen die Zähne. Auf ihrem Rücken nehmen sie uns mit, galoppieren dicht unter Zweigen hindurch, um uns abzustreifen. Sie drehen sich im Kreis, um einen guten Blick auf uns zu erhaschen und uns mit ihren scharfen Tatzen zu erwischen. Ich höre sie wimmern, ein markerschütterndes Wimmern.

Ich weiß nicht, ob ich wache oder träume, ein kalter Wind fährt mir durchs Haar, ein Vogel fliegt mit schwerem Schwingenschlag auf, und immer noch höre ich dieses Wimmern gleich neben mir. Es dauert, bis ich kapiere, dass es Lurchi ist, der sich vor Hunger die Hände auf den Bauch presst und im Schlaf wimmert. Er weint im Schlaf. Sein Weinen macht mich ganz wacklig, ich bemühe mich, den Holztrick anzuwenden, aber dazu bin ich zu müde, es klappt einfach nicht, und schon laufen auch mir Tränen übers Gesicht. Sie sind ganz warm, als kämen sie von einem gemütlichen Ort.

»Mensch«, sage ich laut, »hör auf zu flennen!«

Lurchi schießt in die Höhe, ich sehe im Dunkeln das Weiße in seinen weit aufgerissenen Augen.

»Du heulst ja«, sagt er. »Warum heulst du denn?«

Wir können nicht wieder einschlafen. Wir bibbern vor Kälte und Hunger, also stehen wir auf und schütteln uns wie Hunde, die aus dem Wasser kommen. Auch das hilft nichts. Wir hüpfen und rennen.

Der Mond ist aufgegangen und beobachtet uns kühl und unbeteiligt. Wortlos nehme ich meinen Rucksack, gehe weiter durch den Wald, ebenso wortlos folgt mir der Lurch.

Das Unterholz knackt unter unseren Füßen, wir hören, wie Tiere davonspringen, aber wir sehen sie nicht und wissen nicht, wie groß und gefährlich sie sind.

Manchmal bleiben wir vor Schreck stehen, dicht nebeneinander hören wir das Knurren im Magen des anderen. Ich bin schon einmal vor Hunger ohnmächtig geworden, ich kenne das Gefühl: Kurz davor ist man gar nicht mehr hungrig, da wird alles ganz weich und wuschig um einen herum, die Bilder verschwimmen, werden unscharf, neblig. Das ist gar kein so schlechtes Gefühl, man hat auf jeden Fall keinen Hunger mehr. Dafür ist es umso scheußlicher, wenn man wieder zu sich kommt und sich übergeben muss, obwohl man nichts im Bauch hat.

Lurchi zerrt mich an meiner Medaille hinter sich her wie ein Maultier, als hätte er ein Ziel. Plötzlich bleibt er stehen, knickt ein, legt sich wortlos mit dem Gesicht nach unten ins Moos und rührt sich nicht mehr. Ich zerre an ihm, klopfe ihm auf den Rücken, schreie ihn an, beschimpfe ihn: »Steh auf, du Pfeife, du Baby, du Feigling!« Das hat bei meinen Brüdern immer funktioniert, besonders, wenn ich sie Baby genannt hatte, aber Lurchi bewegt sich nicht.

Mein Herz schlägt laut und hart. Ist er tot? Kann doch sein. Nach all dem, was ich in den letzten Wochen erlebt habe, kann das sein. Und dann?

Mama, was soll ich tun? Aber ihr fällt auch nichts ein. Sie schweigt. Ich lege ihm meinen Rucksack unter den Kopf, tätschele ihm die Wangen, küsse ihn sogar. Ich küsse ihn auf den Mund, er hat einen hübschen Mund.

Er muckst sich nicht. »Geh weiter«, höre ich mich selbst murmeln, »geh einfach weiter. Kennst ihn doch gar nicht.« Aber ich stehe da wie ein Baum, unfähig, mich zu rühren. »Geh weiter, geh weiter«, sagt mein Mund, »jetzt geh doch endlich!«

Tief beuge ich mich über Lurchi, berühre sein Gesicht und spüre, wie seine Augendeckel flattern. Schmetterlingskuss. So hat mein Vater das genannt, wenn er mich abends zugedeckt hatte. Sein stachliges Kinn an meiner Wange, sodass ich lachend aufschrie, und dann der Schmetterlingskuss, ganz sacht, seine Wimpern auf meiner Haut. Jetzt bekomm ich einen Schmetterlingskuss vom Lurch. Er ist also nicht tot. Er wacht allerdings auch nicht auf. Aber er ist nicht tot. Nicht tot.

Ich atme tief aus, es klingt wie das Ausatmen eines großen Tiers. Lehne mich gegen einen Baumstamm, die Rinde kratzt an meinem Rücken, schließe die Augen vor Erschöpfung, und als ich sie wieder öffne, sehe ich in der Entfernung ein Licht. Ein gelbes, warmes Licht hinter den schwarzen Bäumen.

Ich zwinkere, aber das Licht bleibt. »Lurchi«, flüstere ich

ihm ins Ohr, »ich komme wieder, ich verspreche es.« Ich nehme aber meinen Rucksack mit und frage mich, was für ein abgrundtiefes Biest ich bin. Mein blödes Hirn rechnet wohl doch damit, dass ich nicht wiederkomme.

Wenn ich eins gelernt habe, dann ist es dies: Alles kann passieren. Am besten macht man sich keine Vorstellungen und bereitet sich gleichzeitig auf alles vor. Das ist wie Licht an, Licht aus im Gehirn, nie zu wissen, was als Nächstes geschieht, und gleichzeitig auf alles vorbereitet zu sein. Wie schön es früher war zu wissen, dass morgen verlässlich der Wecker klingeln wird, ich müde und schlecht gelaunt sein werde und meine Mutter mich drängen wird zu frühstücken, wenigstens Milch zu trinken. Wie schön, wie immer das Gesicht zu verziehen, nichts zu sagen, sie zu verfluchen mit ihrer guten Laune am Morgen, meine Tasche zu schnappen, die Brüder zu zwicken, die aufquieken wie Ferkel, in die Schule zu marschieren, mich zu Tode zu langweilen, mit den Freudinnen über Musik und Jungs zu reden und alles und alle blöd zu finden. Wie herrlich diese Vorhersehbarkeit war, diese totale Langweile. Ich wünsche euch allen, die ihr in der Schule sitzt und euch langweilt, dass ihr euch so richtig und von Herzen darüber freut. Wünsche ich euch wirklich. Es ist wunderbar, wenn nichts passiert. Echt.

Ich laufe durch den Wald auf das Licht zu, springe über Äste und Erdlöcher, das Licht wird größer, ich erreiche einen asphaltierten Weg, japsend renne ich dem Licht entgegen, als gäbe es dort was zu gewinnen. Eine Straßenlaterne. Darunter ein kleines graues Haus mit einem spitzen

Dach, das einzige Haus weit und breit, es ist unbeleuchtet, seine Fenster glotzen schwarz und stumpf vor sich hin.

Eine schmale Straße führt von dem Haus weg ins Nirgendwo. Die Straßenlaterne wirft den Schatten eines großen Menschen auf den Asphalt, den ich nach kurzem Schreck als meinen erkenne. So weit bin ich inzwischen: Ich erschrecke vor meinem eigenen Schatten! Wenn jemand in dem Haus wohnt und aus einem der dunklen Fenster hinausguckt, kann er mich sehen. Die Polizei rufen. Ich hab nichts getan, aber die Leute wären überall misstrauisch, wenn mitten in der Nacht ein verdrecktes Mädchen aus den Wäldern auftauchte.

Vorsichtig setze ich einen Fuß vor den anderen, nähere mich dem stillen und abweisenden Haus. Die Straßenlaterne scheint freundlich auf mich herab, ich stehe im hellen Lichtkegel wie auf einer Bühne im Scheinwerferlicht: »Und hier kommt Pula!« Applaus. Die Leute stehen auf und johlen, rufen meinen Namen: »Pula! Pula!«

Pula, du spinnst! Ich drehe mich im Licht, verbeuge mich, und da entdecke ich eine Mülltonne, gleich neben der Haustür. Manchmal führt mein Quatsch zu wahren Entdeckungen, eigentlich ziemlich oft, wenn ich drüber nachdenke, aber ich kann jetzt nicht denken, denn ich habe schon den Deckel der Tonne aufgeklappt und wühle mit beiden Händen im Inhalt wie ein Waschbär.

Flaschen, jede Menge Flaschen, eine Pizzaschachtel mit Pizzaresten, die ich gierig in mich hineinstopfe. Der Hunger stoppt jeden Gedanken an alles, was Mütter einem so beibringen: »Iss nie von fremden Tellern. Keine angefaulten Lebensmittel. Oder schimmlige. Trink nicht aus fremden Flaschen. Wasch Obst und Gemüse. Immer.«

»Ja, Mama. Na klar, Mama.«

Ich stopfe einen angefaulten Apfel in mich hinein, trinke Reste aus Colaflaschen, beiße in eine schimmlige Paprika, schlecke geöffnete Joghurtbecher aus. Augenblicklich kehrt Kraft in mich zurück, als wäre ich an ein Stromnetz angeschlossen worden. »Sprich vor und nach dem Essen ein kurzes Gebet. Dank allen, die dafür gesorgt haben, dass du zu essen hast. Gib den Geistern ein paar Krümel.«

Ich zerkrümele eine Pizzarinde und werfe die Krümel in alle Richtungen. In die Vergangenheit, die Zukunft, die Gegenwart und die Geisterwelt. Zufrieden, Mama? Danke an die Besitzer der Mülltonne und danke für ihre Essgewohnheiten. Ich fische Mülltüten aus der Tonne, kippe sie aus und sortiere alles, was noch einigermaßen essbar ist, aus. Packe es eilig in meinen Rucksack. Ab und zu sehe ich mich um, aber es regt sich nichts. Nicht auf der Straße und nicht im Haus. Alles ist vollkommen ausgestorben, als wären Haus, Mülltonne und Laterne nur für mich hierhergestellt worden, nur für Pula Xerximon aus einem fernen, fremden Land.

Den Rucksack bis zum Rand gefüllt, die ungenießbaren Abfälle auf der Straße verstreut, als hätte ein Tier darin gewühlt, gehe ich aus dem gelben Lichtkegel zurück in den schwarzen Wald. Das ist fast so ekelhaft, wie aus einer warmen Dusche in die Kälte treten zu müssen.

Was wäre, wenn ich jetzt umdrehen und die Straße am

Haus weitergehen würde? Vielleicht gibt es da Häuser, in denen Menschen wohnen, vielleicht sogar nette Menschen mit einem freien Bett, anständigem Essen und einem netten Wort – alles nur für mich?

Red keinen Scheiß, Pula, die schicken dich zurück, die schicken dich einfach zurück. Ich sehe mich durch die zerstörte Gegend meiner Heimat laufen, auf unser altes Haus zu, dem nach dem letzten Angriff der Monster das Dach fehlt. Die Plastikplanen, die wir zum Schutz aufgehängt hatten, hängen in Fetzen herab, überall Staub, dieser grässliche Staub, der in jede Ritze kriecht und einen ständig husten lässt. Ich sehe meine Brüder, und da ist meine Mutter, sie läuft auf mich zu, ich stürze in ihre Arme, rieche ihre staubige Bluse und ihren schwachen Rosenduft, sie weint und schimpft: »Aber Pula, warum kommst du denn zurück, wenn ich doch alles dafür getan habe, dass du woanders leben kannst? Dass du es besser haben kannst? Warum enttäuschst du mich so?«

Jetzt hat sie mich wieder erwischt, meine eigene Doku-Soap, ich schlucke und muss mich anstrengen, nicht schon wieder zu flennen. Dieses ewige Geheule geht mir auf die Nerven, verfluchtes Heulbaby, jetzt hör schon auf.

Die Dunkelheit des Walds verschluckt mich, ich weiß nicht mehr, wo ich bin – und vor allem: wo der Lurch ist. Bin ich in diese Richtung gegangen? Oder in diese? Bin ich hier abgebogen oder doch weiter hinten? Ich habe auf dem Hinweg nicht darauf geachtet und jetzt sieht alles gleich aus. Panik schlängelt sich meinen Hals hinauf.

»Lurch!«, rufe ich, so laut ich kann, »Lurchi!« Dabei weiß er doch gar nicht, dass ich ihn so nenne.

Kreuz und quer stolpere ich durch den Wald, wie blind, bis die schwarze Dunkelheit bleigrau wird, dann katzengrau, und mit einem Mal schießt ein orangeroter Lichtstrahl durch den Wald wie ein Laserschwert, bahnt sich blitzschnell einen Weg an den Bäumen vorbei und trifft an seinem Ende einen lilafarbenen Fleck. Lila! Mein Rock! Ich stürze drauf zu, aber dort im Moos liegt nur mein Rock, ohne Lurch.

Nirgendwo sehe ich ihn. Abgehauen. Er ist abgehauen und hat mich einfach zurückgelassen. Ich hab mein Versprechen gehalten – und er ist ein mieser kleiner Verräter. Bei der erstbesten Gelegenheit haut er ab. Ich komme seinetwegen zurück, und er?

Hinter mir knackst ein Zweig und da sehe ich ihn: Mit angezogenen Beinen liegt er in einer Mulde, er hat die Augen weit geöffnet und starrt mich an, als wäre er nicht mehr ganz dicht.

»Bist du ein Geist?«, flüstert er. »Gib zu, du bist ein Geist.«

Er fängt vor Hunger und Durst an zu spinnen.

»Halt die Klappe, Lurchi«, sage ich leise. Ich flöße ihm einen Schluck Cola ein wie einem Baby, fütterte ihn mit Pizzarinden und Apfelstückchen, gebe ihm Joghurt und zu guter Letzt den Deckel vom Schokopudding zum Abschlecken, und da lächelt er endlich ein bisschen. Noch nicht sein Lurchgrinsen, eher ein Babylurchlächeln.

»Wow«, sagt er, wie alle immer »wow« sagen in amerikanischen Filmen. »Wow, wow, wow«, sagen wir beide.

»Pula, du bist der Hammer«, stöhnt er, und eine seltsame Hitze schießt mir ins Gesicht, ich werde wohl rot. Sieht er zum Glück nicht in der Morgensonne, die oranges Licht über uns kippt wie Orangensaft aus einem überdimensionalen Glas.

Ich erzähle ihm von dem einsamen Haus am Waldrand, von der Mülltonne und der netten Straßenlaterne.

»Aber wieso warst du so lange weg?«

»Auf dem Rückweg hab ich mich ein bisschen verirrt.«

»Du hättest mir was sagen sollen! Ich bin aufgewacht und du warst weg! Du kannst doch nicht einfach so abhauen! Was hast du dir dabei gedacht?«

Es fühlt sich komisch gut an, dass er mit mir schimpft. Es schimpft ja sonst niemand mehr mit mir, nur meine Mutter in meinem Kopf.

»Ich hab mich verirrt«, wiederhole ich. »Ich muss deinen Namen wissen, sonst kann ich dich nicht rufen.«

»Denk dir einen aus«, sagt er.

»Das habe ich schon, aber er würde dir nicht gefallen.«

»Sag ihn mir.«

»Nein.«

»Doch.«

»Nein.«

»Jetzt sag ihn schon.«

»Nein.«

»Ich kitzele dich durch«, sagt er.

»Wehe.«

»Dann sag den Namen. Sonst bist du dran.«

Ich hole Luft. »Lurch«, sage ich. »Wegen deinem gelben T-Shirt mit dem schwarzen Muster.«

»Lurch«, wiederholt er langsam. Er lacht auf, was durch den Wald schallt wie Hundegebell. »Lurch«, sagt er noch einmal. »Wir hatten mal 'n Garten, da lebten lauter Lurche.«

»Wir auch«, sage ich. »Ich hab sie mit der Hand gefangen, sie waren selbst im Sommer ganz kühl.«

Er nickt. »Ja«, sagt er, »ich erinnere mich.«

Wir schweigen kurz. »Der Name gefällt mir nicht«, sagt er schließlich.

Darauf weiß ich nichts zu erwidern. Ich schäme mich ein bisschen, dass ich ihn Lurch nenne, aber der Name passt einfach so gut zu ihm. »Also, jetzt sag schon deinen richtigen Namen.«

»Pelge«, sagte er leise.

»Pelge?«

Er zuckt die Achseln. »Gefällt er dir nicht?«

Ich zucke ebenfalls die Achseln. Denke »Pula und Pelge«. Und vielleicht denkt er das auch. »Pelge und Pula«. Und dann schauen wir beide weg.

Alles, was ich in meinem Rucksack angeschleppt habe, essen wir bis auf den letzten Krümel auf. Danach ist uns schlecht, aber nicht so schlimm, dass wir uns übergeben müssten. Wir finden den Bach wieder, über den wir gesprungen sind. In der Entfernung stehen die Menschen immer noch in einer langen Schlange an, wie bunte Smarties sehen sie aus.

Wir waschen uns im kalten Bach, Pelge zieht sich splitterfasernackt aus.

Ich habe große Lust, es ihm gleichzutun und im Wasser zu planschen wie ein Kind, aber das bin ich nicht mehr. Pelge würde meinen Körper betrachten und Dinge an ihm bemerken. Oder eben auch nicht, und genau das würde er dann auch feststellen: Die hat ja noch überhaupt keinen Busen.

Seit einiger Zeit habe ich meine Mutter morgens überraschend im Badezimmer besucht und ihre Brüste studiert.

»Pula, was willst du denn?«

»Ach, nichts. Ich wollte dich nur fragen …«

»Was denn, Pula? Siehst du nicht, dass ich mich wasche? Was wolltest du denn fragen?«

»Ach, nichts.« Da war ich schon wieder draußen, aber ich merkte mir die Form und die Größe von ihren Brüsten und fürchtete, auch so große Dinger zu bekommen, die hin und her schwangen und ziemlich im Weg waren. Ich betete zu Gott, dass er mir kleinere Brüste schenken möge, aber dann geschah gar nichts, absolut nichts, und als Salta in meiner Klasse schon einen BH trug und Isari ebenfalls und dann auch noch Riha praktisch über Nacht den größten Busen von allen bekam, betete ich nun jeden Abend darum, überhaupt einen zu bekommen. Irgendeinen. Ganz gleich, welche Größe. Bitte! Aber nichts. Einfach überhaupt nichts. Auch wenn ich seitlich vorm Spiegel stand und den Bauch einzog, war nicht die kleinste Wölbung zu sehen. Platt wie ein Bügelbrett. Als die Monster kamen, war ich froh darüber, nicht nur meine Mutter.

Auf der Reise habe ich nicht mehr darüber nachgedacht, weil ich mich nie mehr nackt ausgezogen und im Spiegel gesehen habe, aber als ich Pelge nackt im Bach schwimmen sehe, fällt es mir wieder ein. Wenn ich auch nackt ins Wasser springen würde, würde er garantiert bemerken, dass ich keinen Busen habe. So wie er es ebenfalls bemerken würde, wenn ich einen hätte. Es gibt keine Möglichkeit mehr, nicht betrachtet und begutachtet zu werden, und das ist nicht gerecht. »Ungerecht«, flüstere ich vor mich hin, »ungerecht, ungerecht, ungerecht.«

»Was sagst du?«, ruft Pelge, der sieht, dass ich die Lippen bewege.

»Du bist dünn wie ein Lurch«, rufe ich.

»Saukalt, das Wasser!«, ruft er. »Wieso ist hier alles immer so kalt?« Er bespritzt mich mit Wasser, und ich kreische ein bisschen, wie es sich gehört, und frage mich gleichzeitig, warum Mädchen immer kreischen müssen.

Den Nachmittag verschlafen wir und wachen erst wieder auf, als die kleine Lichtung schon rosa wird im Abendlicht. Wieder sind wir hungrig, aber jetzt wissen wir, was zu tun ist. Wir warten, bis es dunkel wird und wir von fern das gelbe Licht leuchten sehen, dann machen wir uns auf den Weg. Wieder liegt das Haus hinter dunklen Scheiben verlassen da. Wenn dort keiner zu Hause ist, werden wir dort aber auch keinen neuen Abfall finden. »Vielleicht sind alle im Bett«, flüstert Pelge.

Vorsichtig treten wir näher. Die Mülltonne steht heute nicht auf der Straße neben der Haustür. Mein Magen jault enttäuscht auf. Pelge deutet auf das Garagentor, schleicht darauf zu und hebt es an. Es ist nicht abgeschlossen. Er zieht es hoch, mit einem gewaltigen Scheppern löst es sich aus seinen Händen, schießt nach oben und öffnet sich wie ein großes Maul. Wir wissen nicht, was tun. Weglaufen? Stehen bleiben? Eng drücken wir uns an die Hauswand und warten, ob sich im Haus etwas regt, aber es bleibt ganz still. Wir huschen in die Garage, wo neben einem staubigen Auto die Mülltonne steht. Wir wagen es nicht, nach einem Lichtschalter zu suchen, also öffnen wir sie im Dunkeln, senken unsere Arme tief in sie hinab – und finden nichts. Die Tonne ist geleert worden. Nur muffiger Gestank dringt heraus.

»Scheiße«, sage ich. »Scheiße«, wiederholt Pelge. Ich höre, wie seine Stimme vor Enttäuschung zittert.

Er geht raus, ich will ihm schon folgen, aber dann fällt mein Blick auf das verstaubte Auto. Es ist das gleiche Modell, das mein Vater gefahren hat. Seines war dunkelgrün, dieses hier ist rot. Ich streiche mit dem Finger über die hintere Tür, erinnere mich an das Gefühl des Türgriffs, den Ton, den die Tür von sich gibt, wenn ich sie zuwerfe, dieses satte »Plopp«, oft so laut, dass der Vater schimpft: »Pula! Musst du immer die Tür so zuschmeißen?«

Ich ziehe am Griff, überraschend geht die Tür auf, und da sitze ich bereits auf dem Rücksitz und sehe von hinten den Kopf meines Vaters, seine schwarz gewellten Haare, seine großen Ohren, den braungebrannten Nacken, daneben meine Mutter, die auf ihn einredet, ihm die Hand in den Nacken legt und ihn massiert. Sie darf nur fahren, wenn er nicht dabei ist, und wir alle wissen, nur mein Vater nicht, dass sie viel besser fährt als er. Ich spüre die knochigen Beine meiner Brüder neben mir, die schubsen und drängeln und quengeln, dass Pula immer und immer am Fenster sitzen darf – aber das war nun einmal mein Platz. Immer. Immer gewesen. Und jetzt nicht mehr? Nie mehr?

Es ist verdammt schwer, dieses »Nie mehr« zu begreifen. Wenn man darüber nachdenkt, entfernt es sich von einem wie ein umgedrehter Komet, der in das Firmament schießt und dort verglüht. »Nie mehr« darf man nie denken, sonst wird das »Nie« so groß, dass es einen verschlingt.

Ich tauche in einen Feuerball, gleißendes Licht umgibt mich, ich blinzele verwirrt, begreife nicht gleich.

Jemand hat in der Garage das Licht angemacht.

Ich rutsche von der Bank, lasse mich hinter den Fahrersitz fallen, mein Herz klopft gegen meine Knie, meine Backe klebt an der Kunststofflehne. Schritte. Es sind nicht Lurchis Schritte, die würde ich erkennen. Jemand geht am Auto entlang, bleibt stehen. Die Garagentür rattert herunter und fällt ins Schloss. Die Schritte kommen zurück, werden lauter. Die Autotür wird aufgerissen, eine Frau mit wirren blonden Haaren in einem hellblauen T-Shirt, das ihr nur knapp bis zu den Knien reicht, starrt mich an. Ihre Augen so blau wie ihr Hemd. »Hach, das ist er! Der böse Blick!«, hätte meine Großmutter voller Angst geschrien.

Als mein jüngster Bruder auf die Welt kam, mit Augen so blau wie der Sommerhimmel, behauptete sie, seitdem ginge alles in ihrem Haus kaputt: ihre Lampen, ihr Föhn, ihr Radio. Sie verlor ihren Hausschlüssel und verlegte ihre Brille, und an allem sollten die blauen Augen meines Bruders schuld sein. Als dann auch noch ihr Badezimmerspiegel einfach so von der Wand fiel und in tausend Stücke zersprang, zwang sie uns, eine ihrer Kusinen auf dem Land zu besuchen, die den bösen Blick vertreiben sollte.

Meine Mutter rief: »Was für ein altmodischer Blödsinn!«, aber meine Oma ließ nicht locker, also fuhren wir eines Tages in das Dorf der Kusine. Auch mein Vater. Alle in diesem Auto. Und ich wie immer hinten am Fenster links.

Die Kusine war eine ziemlich alte Frau mit himmelblauen Augen wie mein Bruder. Sie schmolz in ihrer Küche Blei in einer Pfanne, stellte sie auf den Tisch, wir saßen alle drumherum. Die Kusine mit den blauen Augen hängte eine Decke über meinen Bruder, der sofort anfing zu brüllen wie am Spieß. Sie goss das geschmolzene Blei aus einem Suppenlöffel in eine Schüssel mit kaltem Wasser, es zischte und spritzte, ich bekam etwas ab und brüllte nun auch. Mein Bruder wurde von Kopf bis Fuß mit dem Wasser aus der Schüssel begossen, das Blei lag in einem dicken Klumpen auf dem Grund, wir durften es alle anschauen. Es sah aus wie ein Stück Hundescheiße. Eindeutig. Sagte aber niemand.

»Der böse Blick ist in das Blei gefahren«, sagte die Kusine zufrieden und bekam einige große Geldscheine von meinem Vater.

Wir fuhren wieder nach Hause. »So ein Unsinn«, schimpfte meine Mutter, »und auch noch so teuer!« Aber danach ging nichts mehr kaputt im Haus meiner Großmutter, und als mein Bruder größer wurde, bekam er braune Augen wie wir alle.

Später schickten sie Tante Zia mit ihrem Bandwurm zur Kusine, sie sollte den Wurm besprechen, damit er alles Böse aus Tante Zia mit sich nahm. Tante Zia packte ihn in eine Tasche, und der Wurm war so schwer, dass sie die Tasche kaum allein heben konnte. Die Kusine mit den blauen Augen sah den Wurm und lief schreiend davon, und Tante Zia behielt all das Böse, was sie immer schon gehabt hatte, und das war aus meiner Sicht gar nicht so viel.

»Hey!«, sagt die blonde Frau mit den blauen Augen. Und dann etwas in einer krächzenden Sprache, die ich nicht verstehe. Sie streckt die Hand nach mir aus, zieht an meinem Arm, und als ich ihn wegziehe und mich nicht rühre, schlägt sie die Tür wieder zu und kommt von der anderen Seite. Sie greift mit beiden Armen nach mir, schält mich aus dem Auto wie eine Erbse aus der Schote. Stellt mich auf die Beine und betrachtet mich. Und ich sie. Sie ist groß und hat einen Bauch, der sich deutlich unter ihrem Hemd abzeichnet. Sie sieht weder freundlich noch unfreundlich aus, eher nachdenklich. Ich kann mir denken, was sie in ihrer seltsamen Sprache wieder und wieder fragt: »Wer bist du? Was machst du hier? Woher kommst du?«

Sie versucht es auch auf Englisch, das verstehe ich ein bisschen, das habe ich schließlich zwei Jahre in der Schule gelernt, aber ich schweige, versuche, einfach nur ein- und auszuatmen und nicht ohnmächtig zu werden wie zuvor Pelge. Wo ist überhaupt Lurchi? Die Garage ist verschlossen, er ist nirgends zu sehen in dem hellen Licht. Ist er draußen vor der Tür? Wartet er auf mich? Ist er geflohen? Hat er sich in der Mülltonne versteckt?

Ganz vorsichtig, um die Frau nicht auf eine Spur zu bringen, sehe ich mich um, aber da nimmt die Frau mich schon am Arm, fest, aber nicht so fest, dass es Grund gäbe zu schreien, und zieht mich mit sich Richtung Treppe.

Ein Glas warme Milch kann das Paradies sein. Besonders, wenn einem kalt ist. Mit beiden Händen umfasse ich das Glas, lasse die Milch Schlückchen für Schlückchen in mich reinlaufen und habe das Gefühl, aufzuleuchten wie eine Glühbirne. Ich lächele wohl ein bisschen vor Glück. Die Frau gegenüber am Tisch lächelt zurück. Sie ist weder alt noch jung. Ihre Haare sind ananasfarben und so wirr wie ein Nest. Ich bin so selig beduselt von der warmen Milch, dass ich einen Vogel auf ihrem Kopf landen sehe. Er macht es sich dort gemütlich und legt ein Ei. Bald laufen in dem ananasfarbenen Nest die Küken herum. Ich kichere. Die Frau legt den Kopf schief und betrachtet mich wie ein fremdes Tier.

»Woher kommst du? Wie heißt du? Wie alt bist du?«

Ich bleibe still. Auch die Frau schweigt schließlich, aber es dringen seltsame Töne aus ihrem Bauch, ein Brummen und Kollern, Quaken und Bellen. Sie drückt sich die Hände auf den Bauch, lächelt wie zur Entschuldigung, dann stöhnt sie, als habe sie Bauchschmerzen. Oder Hunger. Hat sie vielleicht Hunger?

Mein eigener Bauch ist noch lange nicht voll. Mit beiden Händen schiebe ich das Glas zu ihr herüber, sie schenkt mir ein zweites Mal ein.

»My belly«, sagt sie auf Englisch, »is killing me.« Ja, genauso klingt das auch. Ihr Bauch bringt sie um. Sie redet weiter auf Englisch auf mich ein, obwohl ich so tue, als verstünde ich kein Wort. Dass sie sich nicht mehr unter die Menschen traue, weil ihr Bauch sich so aufführt und sie sich schämt. Das würde ich auch. Sie könnte glatt auf einem Jahrmarkt auftreten mit diesen verrückten Geräuschen. Seit Wochen sei sie nicht mehr aus dem Haus gegangen und habe mit keinem Menschen gesprochen. Sie sei einsam. Lonely. Sie macht ein ganz trauriges Gesicht. Ich sei seit langer Zeit der erste Mensch in ihrem Haus. Sie legt den Kopf schief und lächelt mich an.

Ich soll ihr Gesellschaft leisten? Warum geht sie nicht zum Arzt? Ich trinke das Glas leer, möchte gehen, raus zu Pelge, der draußen bestimmt auf mich wartet. Vorsichtig setze ich das Glas ab, greife nach meinem Rucksack. Alarmiert packt sie mich am Arm.

»Please, stay«, sagt sie. »Please.«

Ich will nicht bleiben, auf gar keinen Fall, aber sie zieht mich zurück auf den Stuhl und hält mich fest. Gemeinsam lauschen wir dem gespenstischen Gegrummel und Geknurre in ihrem Bauch. Die Frau richtet ihren Finger auf sich und sagt: Eva. Eva. Und dann auf mich. Aber ich sage natürlich nichts. Sag niemals deinen Namen, sonst schicken sie dich zurück.

Die Frau heißt also Eva. Diesen Namen gibt es in meiner Heimat auch. Meine Lehrerin in der Grundschule hieß Eva, Eva Romuskuiv, und wir Kinder durften sie Eva rufen und nicht Frau Romuskuiv, was an sich schon besonders war. Eva, die Lehrerin, war dick und sanft, sie hatte immer perfekt rosa lackierte Fingernägel, und wenn sie sich neben einen setzte, um einem zu helfen, ein Wort zu schreiben, einen Satz zu entziffern, roch sie nach warmem Kuchen. Sie hat mich immer wieder ermutigt, laut vorzulesen, was ich geschrieben hatte, mich vor die ganze Klasse zu stellen, vor all die kichernden Blödmänner, und klar und deutlich Satz für Satz, Wort für Wort vorzulesen. Sie hat mich gelobt und mir Sternchen ins Heft geklebt, und nur für sie habe ich immer neue Geschichten erfunden und aufgeschrieben. Es ist doch verrückt, dass man nur einen Satz hinschreiben muss wie »das kleine Kamel trug stolz eine goldene Krone auf dem Kopf«, und jeder sieht sofort ein kleines Kamel mit einer Krone vor sich. Man kann lügen, dass sich die Balken biegen, aber man wird nicht bestraft, sondern man bekommt sogar noch Sternchen.

In der sechsten Klasse gab es einen Wettbewerb für die beste Geschichte. Eva reichte meine Geschichte ein und ich wartete tagelang mit Herzklopfen auf das Ergebnis. Die blöde Zicke Zihari aus der Parallelklasse bekam den ersten Platz und ich den zweiten. Ich heulte vor Wut. Heulte vor den anderen in der Klasse, was ganz besonders peinlich war, aber ich konnte die Tränen nicht zurückhalten. Eva klopfte mir auf den Rücken und sagte: »Der zweite Platz ist edel. Man kann mit ihm nicht angeben, man muss ihn im Stillen genießen.« Ich hätte sie gern gefragt, ob sie mal den zweiten Platz gemacht hatte und wusste, wie hundsmies sich das anfühlt.

Ich vermisse meine Eva und meine Schule. Selbst Zihari vermisse ich in diesem Moment, und das ist wirklich ein Wunder.

Ich will nicht hier sein. Die Wohnung der Frau ist so unordentlich wie ihre Haare. »Pula! Räum deine Sachen weg. Zieh die Schuhe aus. Mach dein Bett. Dein Kopf ist so unordentlich wie dein Bett. Pack deine Kleider weg. Feg die Wohnung, wisch die Küche, sonst kommen die Mäuse.«

Diese Wohnung würde meiner Mutter die Haare zu Berge stehen lassen. Überall steht benutztes Geschirr rum, auf dem Boden Pizzaschachteln und leere Flaschen, dreckige Geschirrhandtücher über den Stühlen. Ich weiß ja bereits, dass Eva keine Pizzaränder mag, und ich denke an Pelge, der bestimmt liebend gern ein paar Pizzaränder essen und ein Glas warme Milch trinken würde. Eva lässt meine Hand los, kommt um den Tisch herum und bedeutet mir, ihr zu folgen. Zögernd stehe ich auf, nehme meinen Rucksack. Vielleicht kann ich hier mein Handy laden? Hat Eva einen Computer? Sie muss doch einen Computer haben!

Eva führt mich ins Wohnzimmer, auch hier überall Chaos, noch mehr Pizzaschachteln, isst die Frau nur Pizza? Sie wirft einen Haufen Zeitschriften und Bücher von der Couch und deutet darauf. Soll ich mich hinsetzen? Unschlüssig steh ich da, mit beiden Händen drückt sie mich auf die Couch, kniet sich hin und zieht mir die dreckigen Schuhe aus.

Nein, nein, ich schüttele den Kopf, auf keinen Fall werde ich hier schlafen, auf gar keinen Fall. Sie wirft mir eine flauschige Decke zu, und bevor ich noch weiter nachdenken kann, was ich will und was nicht, kommt das Kissen schon auf mich zu. Das weiche Gefühl an der Wange und die warme Milch im Bauch versetzen mich in eine Art Rausch, wo jeder Gedanke einfach ausgeknipst wird.

Als ich aufwache, denke ich, ich bin im Wald, so dunkel ist es. Aber dann höre ich diese seltsamen Töne, dieses Grollen und Knurren gleich neben mir. Als sich meine Augen an die Dunkelheit gewöhnen, sehe ich Eva in einem Sessel neben der Couch sitzen. Sie schläft und hält meine Hand, als gehöre sie ihr und nicht mir. Drei Hände liegen bei ihr im Schoß. Eine davon ziehe ich raus und hoffe, es ist meine.

Die Töne, die aus dieser Frau kommen, klingen wie von einem Tier, das in ihrem Bauch gefangen ist und rauswill.

Ich werde jetzt gehen. Jetzt sofort. Ich werfe die Decke ab, nehme meinen Rucksack, meine Schuhe, taste mich zur Haustür. Abgeschlossen. Ich gehe zur Garagentür, zur Gartentür, die beide nach draußen führen, aber beide Türen sind ebenfalls verschlossen. Ich öffne die Fenster und stelle fest, dass sie hoch über der Straße liegen und es nicht klug wäre, hinunterzuspringen.

»Pelge«, rufe ich leise in das Licht der Straßenlaterne hinein. »Pelge! Wo bist du?« Keine Antwort. Im Dunkel hinter der Straßenlaterne liegt der Wald. Steht Pelge dort und sieht zum Haus herüber? Ich knipse das Licht in der Küche an und aus und wieder an, vielleicht versteht er das Zeichen. Ich bin gefangen! Gefangen in einem Haus mit einer fremden Frau, aus deren Bauch komische Geräusche kommen und vor der ich Angst habe. Bitte, Lurchi! Pelge! Siehst du das Licht denn nicht? An und aus und aus und an, aber draußen auf der Straße rührt sich nichts. Keine Spur von Pelge.

Überall im Haus suche ich nach den Schlüsseln. Hat sie sie in der Hand? Sitzt sie drauf? Ich komme ihr so nah, dass ich sie riechen kann. Sie riecht gar nicht so schlecht, ein bisschen nach Veilchen wie meine Oma. Da bellt ihr Bauch so laut, dass ich erschrocken zurückspringe. Gibt der nie Ruhe? Meiner hört sofort auf zu knurren, wenn ich etwas esse. Dieser Gedanke treibt mich in die Küche.

Im Kühlschrank finde ich eine Gurke, Wurst und Käse.

Ich esse nur wenig selbst, packe fast alles in zwei Pizzaschachteln, in der, wie erwartet, abgeknabberte Pizzaränder liegen, werfe die Schachteln aus dem Fenster in der Hoffnung, Pelge möge sie finden und wissen, dass ich an ihn denke. Und mich befreien. Zu gern würde ich auch die Decke rauswerfen, damit er nicht so friert, aber vielleicht wird diese Eva dann sehr zornig, schlägt mich oder geht mit einem Messer auf mich los. Ich kenne sie ja nicht.

Meine Mutter kann so zornig werden, dass sie weiß wird im Gesicht und nach Luft schnappt. Manchmal schlägt sie uns mit der flachen Hand, danach tut es ihr leid, sie weint und wir müssen sie trösten. Gleichzeitig lodert der Hass in meinem Kopf wie Feuer, obwohl ich weiß, warum sie so wütend wird. Weil sie so hilflos ist. Gegen die Monster kommt sie nicht an. Niemand kommt gegen sie an.

Eva räkelt sich stöhnend. Schnell schließe ich das Fenster, aber als sie weiterschläft, öffne ich das Fenster wieder und werfe eine Schachtel mit Keksen hinaus, die auf dem Wohnzimmertisch stand. Danach bereue ich es, ich hätte selbst ein paar essen sollen, jetzt gibt es nur noch Pizzaränder aus den unzähligen Pizzaschachteln. Seit Wochen isst diese Frau anscheinend nur Pizza. Beschwert sich deshalb ihr Bauch so heftig? Selbst im Schlaf grollt und rumort er vor sich hin. Wenn es mein Bauch wäre, der diese Töne von sich gibt, hätte ich Riesenangst zu explodieren.

Ich packe mein Handy aus, wieder passt der Stecker des Ladekabels nicht. Warum haben all diese blöden Länder, durch die ich gewandert bin, nie die richtigen Steckdosen?

Und wo ist ihr Handy? Es kann doch nicht sein, dass diese Eva kein Handy hat, keinen Computer, kein Tablet? Gründlich suche ich das ganze Haus ab und finde nichts. Lebt sie komplett hinter dem Mond?

Wie gern würde ich mit meiner Mutter skypen! Ich würde mich auf einen Stuhl in einer Ecke der Küche setzen, da sieht man die Unordnung nicht so. Meine Mutter würde denken, dass ich in Sicherheit bin, in einem Haus mit Küche und Kühlschrank, das würde sie beruhigen. Vorher würde ich mir die Haare kämmen, das Gesicht waschen und lächeln, immer schön lächeln. Sie mag es, wenn ich lächele. »Lächele doch mal, Kind. Was ziehst du denn für ein Gesicht?«

Ich lächele: »Hallo, Mama. Alles okay bei mir. Und bei euch?«

»Oh ja«, wird sie sagen, »mach dir bloß keine Sorgen.« Ich weiß, dass sie lügt. Ich sehe es in ihren müden Augen, höre es in ihrer Stimme. Nichts ist in Ordnung. Allein die Sorge um mich raubt ihr den Schlaf. Ich hasse es, wenn sie sich Sorgen um mich macht, aber täte sie es nicht, wäre ich verletzt. »Es geht mir gut hier, Mama. Eine nette Frau hat mich aufgenommen, das Haus ist groß und ordentlich, ich bekomme viel zu essen. Ich bin glücklich, weil ich jetzt ein schönes Leben habe.«

Ich bin eine bessere Lügnerin als sie, aber das würde sie mir nicht abkaufen. So einen Scheiß könnte ich nur in meiner ausgedachten TV-Show von mir geben. »Pula Xerximon, wir danken Ihnen für das Gespräch und wünschen

Ihnen weiterhin viel Erfolg in Ihrem wunderbaren neuen Leben.«

Es ist still und dunkel im Haus wie in einem Grab. So sehr habe ich mir bereits vorgestellt, mit meiner Mutter zu sprechen, dass blanke Verzweiflung mich zu verschlucken droht.

»Mama«, flüsterte ich, »was soll ich tun?«

»Bleib ganz ruhig«, sagt sie, klar höre ich ihre Stimme. »Bleib ruhig und konzentrier dich. Droht dir eine schnelle oder langsame Gefahr?«

»Ich weiß es nicht«, murmele ich.

»Ist die Frau böse oder gut?«

»Ich weiß es nicht«, sage ich. »Sie ist komisch.«

»Wie komisch?«

»Sie macht komische Geräusche.«

»Was für Geräusche? Rülpst sie? Pupst sie?«

»Die Geräusche kommen aus ihrem Bauch.«

»Dann hat sie Verdauungsprobleme. Sie isst zu viel. Bekommst du genug zu essen?«

»Ja.«

»Was isst du?«

»Pizza.«

»Oh, das ist gut, du liebst doch Pizza.«

»Ja.«

»Hat die Frau eine Badewanne?«

Ha! Noch gar nicht daran gedacht. Ich laufe ins Bad. In einem ziemlich unordentlichen Badezimmer gibt es tatsächlich eine große Badewanne. Wenigstens ist es nicht so verdreckt wie in den Notunterkünften. Ich schaue in den Spiegel. Schon lange habe ich mich nicht mehr im Spiegel gesehen. Das Mädchen mit dem dreckigen Gesicht und den verfilzten Haaren erkenne ich kaum. Es schaut misstrauisch, auch wenn es den Mund zu einem Lächeln verzieht.

Ich sperre die Badezimmertür ab. Wenigstens hier gibt es einen Schlüssel. Wie lange habe ich nicht mehr in einer Badewanne gelegen? Als die Monster kamen und alles kaputt gemacht haben, ist unser Badezimmer in die Brüche gegangen.

Das Wasser ist herrlich warm, ich schütte eine halbe Flasche Schaumbad hinein, sitze in einem Schaumberg, schnipse den Schaum durch die Luft, setze mir eine Schaumkrone auf, male mir einen Schaumbart. Ich höre mich lachen und wundere mich. Seltsam, wie man dann doch immer wieder glücklich sein kann. Wo in mir wohnt das Glück? Ich glaube, am meisten in der Brust.

Ich betrachte meinen Körper, wie er da im Wasser vor mir liegt, und stelle verwundert fest, dass ihm zwei kleine Minihügel gewachsen sind. Sie schauen aus dem Wasser wie zwei Mini-Inseln, auf denen Mini-Palmen wachsen könnten. Mir wächst ein Busen! Endlich wächst mir ein Busen! Aber ich freue mich nicht, denn er fühlt sich fremd an. Schon wieder etwas Fremdes. Ich habe gerade genug von diesem Gefühl. Alles ist fremd. Dieses Land, dieses Haus, diese Frau und jetzt auch noch mein eigener Körper. Ich möchte meinen Kinderkörper zurückhaben, denn wenn ich einen Busen bekomme, kommt bestimmt auch bald die

Tante auf Besuch, und darauf habe ich gerade gar keine Lust.

Ich trockne mich ab, kämme mir die Haare, schaue lange in den Spiegel, ob man mir etwas ansieht, ob ich mit Busen eine andere geworden bin. Aber je länger ich schaue, umso weniger erkenne ich, wer zurückschaut. Ich gucke durch mich selbst hindurch, geradewegs in die Vergangenheit. Ich vermisse mich selbst, ein gespenstisches Gefühl. Vermissen ist wie mit Gespenstern zu leben.

Meine verdreckten, stinkenden Klamotten mag ich nicht wieder anziehen. Ich stöbere in Evas Schlafzimmer. Das Bett ist ungemacht, Bücher und Magazine liegen kreuz und quer am Boden, benutzte Tassen, Flaschen, Teller stehen neben dem Bett. Und immer der Kommentar meiner Mutter, wie ein Radio, das ich nicht abstellen kann: »Pula! Räum dein Zimmer auf! Räum dein Zimmer auf, räum dein Zimmer auf.« Wie oft sie das wohl gesagt hat? Sag es noch mal, bitte. Nur ein einziges Mal. Ich möchte hören, wie du es sagst: RÄUM DEIN ZIMMER AUF! Alles würde ich dafür geben, dass du es wieder zu mir sagst.

Der Kleiderschrank ist bis zum Bersten gefüllt. Manche Kleider sind hübsch, ein bisschen altmodisch, aber gerade deshalb cool. Ein goldglänzendes, kurzes Kleid mit weitem schwingendem Rock streife ich mir über, drehe mich vorm Spiegel und bin mit einem Schlag eine andere. Eine Frau.

Ich kann viele verschiedene Personen sein, viele verschiedene Frauen. Der Blick auf mich wird von jetzt an nicht mehr von den Erwachsenen bestimmt – das kleine Mädchen da, Pula, die Dünne mit den wilden Haaren –, sondern ich kann selbst entscheiden, wer ich sein will. Für mich selbst und für alle, die mich anschauen. Männer wie Frauen. Alle werden mich abschätzen, wie sie alles abschätzen, wie auf einem Markt: Ist es ein frisches Brot oder ein altes, eine reife Wassermelone oder eine unreife? Eine Schlampe oder ein braves Mädchen?

Ich streife ein weißes, bodenlanges Kleid über, in dem ich aussehe wie eine erschrockene Braut, dann ein kleines Schwarzes, das mich zur Studentin macht. In einem orange-grün gestreiften Sommerkleid mit großem Ausschnitt, der ziemlich schlottert über meinem Minibusen, sehe ich abenteuerlustig aus. Ich verwandele mich schneller als ein Chamäleon und vergesse fast, wo ich bin. Als ich mich erinnere, entweicht mir alle Energie, als hätte man mir den Stecker gezogen. Werde ich mir jemals wirklich aussuchen können, wer ich sein will? Wie ich leben möchte?

Ich ziehe ein zerknittertes T-Shirt an, es ist viel zu groß, aber egal. Ich bin wieder das Mädchen. Das fremde Mädchen aus dem Wald. Wenigstens stinke ich nicht mehr.

Eva schläft immer noch im Sessel. Ihr Bauch lärmt weiter vor sich hin. Ich setze mich auf die Couch und mache den Fernseher an. Nach zwei Stunden habe ich ein paar Sätze in der seltsamen Krächzsprache gelernt. Was Menschen sagen, wenn sie sich begrüßen, was sie zum Abschied sagen, wie sie die Nachrichten ankündigen. Einmal sehe ich kurz die Karte meines Landes, und eine ernst blickende Frau in einer rosa Jacke sagt etwas darüber, dann verschwindet die Karte schon wieder.

Draußen zwitschern die Vögel. Der Himmel ist grau. Es regnet immer noch. Hoffentlich hat Pelge einen Unterschlupf gefunden. Die Straßenlaterne geht aus. Eva sagt in ihrer Krächzsprache: »Guten Morgen!« Ich fahre vor Schreck zusammen, wiederhole es aber. So schwer ist diese Sprache gar nicht, man muss nur so tun, als hätte man Halsschmerzen.

Eva grinst, steht schwankend auf, hält sich den polternden Bauch, sucht im Kühlschrank nach etwas Essbarem, stutzt, weil er komplett leer ist, aber mich scheint sie nicht im Verdacht zu haben. Sie zieht sich eine Jeans unters Nachthemd, hängt sich eine Jacke um, nimmt mich an der Hand und führt mich in die Garage. Setzt mich ins Auto, steigt ein, öffnet mit einer Fernbedienung und fährt hinaus. Wohin fahren wir? Ich bekomme Angst. Bringt sie mich zur Polizei? Ich versuche, Pelge irgendwo zu entdecken. Die Pizzaschachteln, die ich hinausgeworfen habe, sind verschwunden, also muss er sie gefunden haben. Also hatte er wenigstens etwas zu essen. Wenn sie mich wegbringt, sehe ich ihn vielleicht nie wieder.

Als Eva an einer roten Ampel hält, überlege ich, aus dem Auto zu springen. Aber der geeignete Moment vergeht, und als hätte sie meine Gedanken gelesen, verriegelt sie das Auto von innen. Klack. Ich komme nicht mehr weg. Sie hält mich gefangen.

Der Regen auf der Windschutzscheibe lässt die Welt verschwimmen, die Scheibenwischer klappen träge wie Augenlider. Sie machen mich schläfrig, als würde ich nur träumen, dass ich mit dieser Frau im Auto sitze, durch graue Straßen fahre, nicht weiß, wohin sie mich bringen wird. Meinen Rucksack hab ich dabei und mein Handy, immer noch in der idiotischen Hoffnung, dass ich den richtigen Stecker für mein Ladekabel finde. Eva wollte mir den Rucksack abnehmen, wütend habe ich sie angezischt, da hat sie mich erschrocken angeglotzt und die Hand zurückgezogen.

Wir fahren durch eine kleine Stadt, die aussieht wie in meinem alten Märchenbuch. Die Häuser klein und schief, die Straßen haben buckliges Kopfsteinpflaster, Leute hasten im Regen durch die Straßen, manche Männer tragen seltsame Hosen aus Leder, die über dem Knie enden, ich sehe zwei Frauen, die bunte Kleider mit Schürzen und weiße Blusen tragen, die knapp oberhalb ihrer sehr großen Brüste enden. Schlampenkostüme. Mama, das würde dir gar nicht gefallen.

Ich kichere, überrascht sieht Eva mich von der Seite an. Laut und deutlich sage ich in ihrer Sprache, was ich im Fernsehen gelernt habe: »Und jetzt die Nachrichten.«

Eva lacht, das erste Mal, dass ich sie lachen sehe. Mit einem Mal sieht sie ganz hübsch aus. Aber im nächsten Moment meldet sich wieder ihr Bauch und jodelt uns was vor. Eine Hand auf den Bauch gepresst, lenkt sie das Auto mit der anderen in Schlangenlinien auf den Parkplatz eines Supermarkts. Ich bin erleichtert. Sie will also einkaufen. Sie zögert, weiß offensichtlich nicht, was sie mit mir machen soll. Im Auto einschließen? Oder doch mitnehmen? Sie packt mich an der Hand wie ein kleines Kind, zerrt mich hinter sich her in den Supermarkt und durch die Gänge, fordert mich auf, alles in den Wagen zu legen, was mir schmecken könnte.

Ich denke an Pelge. Jungen mögen doch Fleisch, aber wie soll ich es zu ihm befördern? Und wie soll er es braten? Während ich noch überlege, nimmt Eva mir das Fleisch aus der Hand, wirft es in den Wagen, packt Eiscreme, Schokolade, Cola, Pfirsiche, Weintrauben und Kirschen ein, ich lege Cornflakes und Müsliriegel dazu, alles, was man unterwegs gut essen kann, Kartoffelchips und Salzstangen. Mit jedem Griff lege ich Erinnerungen in den Einkaufswagen: das Gequengel der Brüder an der Kasse, die ungeduldige Mutter, die Festessen mit der gesamten Verwandtschaft, für die wir zwei bis zum Rand gefüllte Wagen an die Kassen schieben, der große Esstisch, die duftende und brütend heiße Küche, die Tanten, die einen in die Backen kneifen und an ihren weichen Busen drücken, all die Kinder, die herumrennen, die Geschichten über jeden einzelnen Verwandten.

»Habt ihr vom Bandwurm von der armen Tante Zia gehört? Sechs Meter war er lang.«

»Onkel Palo hat sich mit der Holzsäge den Daumen abgesägt.«

»Kusine Rusa hat ihren Mann verlassen und hat schon einen Neuen. Der hat Augenbrauen so dicht wie ein Wald. Oma sagt, er war in einem früheren Leben Politiker.«

»Die Lehrerin von Pula lebt allein und hängt klitzekleine Unterhosen zum Trocknen auf den Balkon, dass alle sie sehen können.«

Ich trage den Nachtisch herein, das war immer meine Aufgabe, schwarzer Schokoladenkuchen mit Schlagsahne wie Schnee. Und alle klatschen, als hätte ich eine großartige Leistung vollbracht, und hauen rein, und danach brauchen sie Schnaps und ein Mittagsschläfchen.

Die Vergangenheit türmt sich immer höher vor mir auf, und als Nächstes liege ich am Busen einer wildfremden Frau und heule wie ein Schlosshund. Atme ihren warmen Veilchenduft ein, sie hält mich fest und rührt sich nicht, bis ich fertig geheult habe. Das ist ziemlich nett, weil es ziemlich lange dauert. Ich spüre ihren Bauch an meinem Bauch, etwas bewegt sich in ihm. Erschrocken springe ich zurück, ihr Bauch grollt und blökt, ängstlich sieht sie sich um, aber außer mir hat es wohl niemand gehört. Eilig gehen wir zur Kasse und zurück zum Auto.

Im Haus schleppen wir den Einkauf in die Küche, packen alles auf den Küchentisch. Und dann fressen wir. Wir essen, als hätten wir noch nie zuvor gegessen und als bekämen wir nie wieder was zu essen in unserem ganzen Leben. Ich staune, was Eva ohne Pause in sich hineinstopft. Ihre Jeans hat sie aufgeknöpft, ihr Bauch kommentiert jeden Bissen, aber sie kümmert sich nicht darum. Ganze Schokoriegel verschwinden in ihrem Mund, sie bestreicht dicke Brotscheiben mit einer übel riechenden grauen Wurst und verschlingt sie mit wenigen Bissen, isst mit dem Löffel ein Marmeladenglas leer, schüttet eine Tüte Kartoffelchips hinterher. Sie isst nicht, sie arbeitet. Der Schweiß steht ihr auf der Stirn. Sie stopft sich voll, mampft und kaut, als müsste sie jemanden füttern, der nicht sie selbst ist.

Staunend und mit zunehmender Furcht, dass sie gleich platzen könnte, sehe ich ihr zu. Esse selbst, so viel ich kann, aber irgendwann muss ich aufgeben, ich kann einfach nicht mehr. Sie frisst weiter, beachtet mich gar nicht. Mit glasigem Blick saugt sie wie ein Staubsauger die Lebensmittel vom Tisch. Vier Vanillepuddings vertilgt sie hintereinanderweg, spült sie mit Cola hinunter, ohne die Flasche auch nur ein einziges Mal abzusetzen.

Mit einem Mal erstarrt sie wie eine Eidechse in der Sonne. Rührt sich nicht mehr, sitzt einfach nur so da. Einen Moment lang herrscht unheilvolle Stille, dann röhrt ihr Bauch noch lauter auf als zuvor. Sie stürzt ins Badezimmer und knallt die Tür hinter sich zu. Ich höre, wie sie wimmert und stöhnt, brüllt und ächzt, als würde sie ein Kind zur Welt bringen.

Damit ist sie hoffentlich noch länger beschäftigt. Ich habe beobachtet, wie sie die Schlüssel in ihrer Handtasche verstaut hat, nachdem sie die Garagentür hinter sich abgeschlossen hatte. Die Handtasche liegt auf dem Tisch. Eilig packe ich die wenigen Lebensmittel, die übrig geblieben sind, in eine Plastiktüte, schnappe mir meinen Rucksack und die Decke von der Couch, suche mit zitternden Händen den passenden Schlüssel für die Haustür, und weg bin ich.

Ich renne Richtung Wald, aber noch bevor ich ihn erreiche, pfeift es hinter mir. Schlotternd, von Kopf bis Fuß durchnässt, steht Pelge da und grinst sein dämliches, tolles Grinsen.

Wir finden einen Baum mit dichten Blättern, die bis zum Boden reichen, unter den wir uns setzen wie unter ein Dach. Die Decke schlingen wir eng um uns. Selten war ich so froh, jemanden wiederzusehen. Nachdem er den allerletzten Krümel aus der Tüte aufgegessen hat, legt Pelge den Arm um meine Schultern und zieht mich noch näher an sich. Damit wir uns besser aneinander wärmen, denke ich, aber er berührt dabei meinen Minibusen, bestimmt aus Versehen, zieht seine Hand jedoch nicht zurück. Sie liegt da und wird immer wärmer.

Lange sagen wir nichts, wir sitzen einfach nur so da. Es ist gemütlich und auch irgendwie romantisch, der Regen wie ein Glasperlenvorhang vor unserem Versteck. Seine Hand liegt weiter auf meinem Busen. Ich weiß nicht, was ich davon halten soll. Ist es mir angenehm? Keine Ahnung. Es ist aber auch nicht unangenehm, also bewege ich mich keinen Millimeter. Wir lauschen den Tönen der Tropfen auf Blättern und in Pfützen, und in meiner privaten TV-Show gäbe es jetzt Musik und Bilder von Regentropfen, die in Zeitlupe zerplatzen. Kitschnudel. So hat Riha mich genannt. Was würde sie machen, wenn ein Junge seine Hand auf ihren Busen legte? Auf ihren so viel größeren Busen? Warum bin ich so doof und weiß es nicht?

»Du musst zurück«, sagt Pelge.

»Wohin?«

»Ins Haus, du musst dahin zurück.«

»Spinnst du jetzt?«

»Da gibt es was zu essen und es ist warm. Wir können hier nicht bleiben. Es gibt hier Schnee, keine Ahnung, wann der kommt, aber es wird immer kälter, merkst du das nicht?« Er gestikuliert mit beiden Händen und legt seine Hand nicht mehr auf meinen Busen zurück, was ich bedauere. Fast. Oder doch ein bisschen.

»Ich gehe nicht ohne dich«, sage ich.

»Die nimmt keine zwei, die nimmt nur dich.«

»Das weißt du doch gar nicht.«

»Doch, glaub mir, so was weiß ich.«

»Ich will nicht dahin zurück, ich hab Angst. Die ist verrückt.«

Pelge lacht. »Ne dicke alte Frau mit Verdauungsbeschwerden, nichts weiter.«

»Ich fürchte mich.«

»Im Ernst? Du fürchtest dich doch nicht, Pula Xerximon, du doch nicht!«

Fest sieht er mir in die Augen, sodass ich gar nicht anders kann, als den Kopf zu schütteln. »Du gehst zurück«, sagt er streng, »holst den Garagenschlüssel und machst mir auf. Ich bleibe in der Garage, ganz in deiner Nähe.«

»Das merkt sie doch.«

»Ich verstecke mich gut.«

»Lass uns einfach weitergehen«, bettele ich. »Wir finden irgendwo einen anderen Unterschlupf.«

»Aber kapierst du denn nicht, Pula Xerximon, diese Frau hat uns der Himmel geschickt!«

»Nee, kapiere ich nicht.«

»Die spinnt, lebt allein, hat genug Geld, um uns durchzufüttern, und niemand scheint sie zu besuchen, der uns verpfeifen könnte, das ist ideal!«

»Dann geh du doch zu ihr und ich wohne in der Garage. Wir können gern tauschen.«

»Sie will aber mit dir zusammen sein, sonst würde sie dich nicht einschließen. Kann ich verstehen.«

»Was kannst du verstehen?«

Er sieht mich an. Ein Licht scheint auf in seinen honigbonbonbraunen Augen. Sie kommen auf mich zu. Als nächstes spüre ich seine Lippen auf meinen. Der Lurch küsst mich. Er küsst mich! Nicht zu fassen. Was bildet der sich ein, will ich eigentlich denken, aber da küsse ich schon zurück. Ich küsse den Lurch und der Lurch küsst mich. Ich presse meine Lippen auf seine, wie eine kleine Schlange schlängelt sich meine Zunge in seinen Mund und seine in meinen. Unter mir gibt der Boden nach. Mir wird ganz warm, ich friere überhaupt nicht mehr. Nie mehr möchte ich etwas anderes tun. Von jetzt an bis in alle Ewigkeit will ich nur küssen und sonst gar nichts. Pelge küsst sogar noch besser als das blaue Hemd. Vor Wonne möchte ich ohnmächtig werden, möchte küssen, küssen, küssen, aber mit einem Mal hört er auf und redet weiter, als wäre nichts gewesen.

»Es ist die beste Idee, glaub mir.«

Ich bin noch ganz betäubt, schlucke, möchte weiterküssen, aber er schlägt die Decke zur Seite und steht auf. Ich tue jetzt auch so, als wäre nichts gewesen, und werfe die Haare zurück. »Und wie komm ich wieder rein ins Haus, du Schlaumeier? Die Haustür ist ins Schloss gefallen, die Garagentür abgesperrt.«

»Du klingelst.«

Ich klingele. Pelge drückt sich an die Hauswand. Lange passiert nichts, unruhig trete ich von einem Fuß auf den anderen, gestikuliere in Pelges Richtung: Siehst du, funktioniert nicht, dein toller Plan – da reißt sie die Haustür auf. Ihr Kopf ist feuerrot, sie hält sich den Bauch, würgt, als müsse sie sich übergeben. Sie starrt mich an, als versuche sie sich zu erinnern, wieso ich jetzt draußen vor der Tür stehe. Sie macht eine Handbewegung, um mich ins Haus zu scheuchen wie ein Huhn in den Stall. Ich drehe mich noch einmal um – Pelge streckt den Kopf hinter der Hauswand vor, hebt den Daumen. Ich will nicht zurück in dieses dunkle Haus, aber er wedelt mit beiden Händen, ich solle endlich verschwinden, und da zieht mich Eva auch schon mit beiden Händen hinein, schließt hinter mir ab, läuft mit dem Schlüssel in der Hand zurück ins Badezimmer und knallt die Tür hinter sich zu. Aus dem Badezimmer dringen Töne, als würde jemand umgebracht.

»Okay? Okay?«, rufe ich. Das versteht man in jeder Sprache, aber Eva antwortet nicht. Nur ihr Bauch. Und der sagt sehr deutlich: Nein. Nichts ist okay.

Ich fürchte mich. Jetzt bin ich zwar im Haus, aber die Türen sind wieder verschlossen, und ich kann Pelge nicht hineinlassen. Unser Plan funktioniert nicht. Eine Weile stehe ich wie gelähmt und sinnlos herum. Der Regen trommelt an die Scheiben, das Haus scheint müde vor sich hin zu atmen, ich spüre, wie es sich ausdehnt und wieder zusammenzieht.

Vom Küchenfenster aus sehe ich Pelge hinter der Straßenlaterne stehen. Er trägt die Decke über dem Kopf wie ein kleines Zelt. Ich winke und das Zelt bewegt sich. Es sieht so klein aus von hier oben. Seltsam. Wie konnte ich nur einen kleinen Jungen küssen? Aber allein die Erinnerung an diesen Kuss bereitet mir einen kleinen Fieberanfall.

Hinter mir öffnet sich die Badezimmertür, Eva kommt herausgewankt, quarkweiß im Gesicht, wortlos geht sie an mir vorbei ins Schlafzimmer, wirft sich aufs Bett, schließt die Augen. Sie wirkt seltsam ruhig, fast lächelt sie. Sie faltet die Hände über ihrem Bauch, der mit einem Mal still ist, ganz still, und er wirkt nicht mehr so dick.

Im Badezimmer stinkt es wie nach einer chemischen Explosion, dass es mir den Atem nimmt. Wo sind die verdammten Schlüssel? Ich habe genau gesehen, wie sie sie in der Hand hielt, als sie ins Bad gerannt ist. Überall liegen zerknüllte Handtücher, auf den Knien krieche ich auf dem Boden und drehe sie einzeln um, aber die Schlüssel finde ich nicht.

Hinter mir faucht es, als würde ein Wasserhahn weit aufgedreht, aber als ich mich umdrehe, sehe ich etwas, das ich nicht glauben kann. Ich fange an zu halluzinieren. Ich werde verrückt. Das muss es sein: Ich werde wahnsinnig. Ich kneife die Augen zu, aber als ich sie wieder öffne, sehe ich immer noch dasselbe. Woran erkennt man, ob man wach ist oder träumt?, frage ich mich. Ich schlage mir zum Test mit der Hand auf die Wange und fühle deutlich einen leichten Schmerz, also bin ich doch wohl wach. Ich könnte allerdings auch träumen, dass ich mich schlage, und auch dann würde ich den Schmerz spüren, oder nicht?

Während ich noch versuche herauszufinden, ob ich träume oder verrückt werde, kriecht vor meinen Augen ein blau schillernder Wurm gemächlich aus der Kloschüssel, reckt seinen Kopf über die Klobrille und sieht mich mit dunkellila Augen an. Ich bin so verdattert, dass ich mich nicht rühre. Nicht mehr atme. Einen langen Augenblick starren wir uns an, der Wurm und ich, und in diesem einzigen Augenblick scheint er zu wachsen. Sein Kopf schwillt an auf die Größe meiner Faust. Er öffnet und schließt ein kleines Maul mit spitzen Zähnen, jedoch wirkt er nicht gefährlich. Keine Ahnung, warum ich das glaube.

Ich hau nicht ab, sondern sehe fasziniert zu, wie der Wurm sich über die Klobrille fallen lässt, seinen langen Körper hinter sich herzieht und auf die Fliesen ploppt. Er ähnelt einem überdimensionalen Regenwurm in schillernden Regenbogenfarben. Eigentlich ganz hübsch, denke ich, da kriecht er auf mich zu, und eine schmale rosa Zunge schießt aus seinem Maul auf meine Hand zu. Ich kreische nicht, was mich selbst erstaunt, ich halte nur weiter die Luft an und drücke mich an die kalte Badezimmerwand. Er kommt näher, wieder lässt er die Zunge aus seinem Maul schnellen, wieder auf meine Hand. Und dann gleich noch einmal, bis ich verstehe: Er leckt meine Hand! Er kringelt sich ein und sieht mich mit seinen lila Augen von unten treu an wie ein Dackel. Mit seinem langen Schwanz schlägt er auf den Boden, tapptapptapp, auch ganz wie ein Hund.

Neugierig strecke ich die Hand nach ihm aus und berühre vorsichtig seinen Kopf. Er fühlt sich feucht und kühl an, wie die Lurche im Garten meines Großvaters, und prompt muss ich an meinen Lurch denken, an Pelge dort draußen. Wie soll ich ihm das hier erklären? Ich muss ihm unbedingt dieses Vieh zeigen, das glaubt er mir sonst nie! Das glaubt mir sowieso niemand.

»Pula, erzähl keine Geschichten.«

»Wenn ich es doch schwöre!«

Ich schiebe mich an der Wand nach oben, ganz langsam, um den Wurm nicht zu verschrecken, vielleicht beißt er sonst zu mit seinen kleinen, spitzen Zähnen. Fast treuherzig schaut er mich an und bleibt ruhig liegen, auch als ich nach der Türklinke greife, die Tür aufdrücke, erst den einen Fuß nach draußen setze, dann den anderen, mich vorsichtig zurückziehe, um dann möglichst die Tür schnell zuzuwerfen und den Wurm im Badezimmer gefangen zu halten. Weiß Eva von dem Wurm? Hat sie ihn zur Welt gebracht wie ein Baby? Ihn ausgeschissen? In dem kurzen Augenblick, in dem ich die Badezimmertür endgültig hinter mir zuziehen will, witscht der Wurm blitzschnell heraus in den Flur, dreht sich nach mir um und sieht mich wieder unverwandt an.

Leises Schnarchen dringt aus Evas Schlafzimmer. Ich laufe die Stufen hinunter ins Wohnzimmer, der Wurm folgt mir wie ein Haustier. Als ich mich umdrehe, scheint er schon wieder größer geworden zu sein. Ich kann mich auch täuschen, denn es war hell im Badezimmer, und hier ist es schummrig. Ich gehe im Kreis, er folgt mir auf dem Fuß, wenn ich stehen bleibe, bleibt auch er stehen, wenn ich weiterlaufe, kriecht er hinter mir her. Durch das ganze Haus gehe ich so mit ihm. Er lässt mich nicht aus den Augen. An allen Klinken rüttele ich, obwohl ich doch weiß, dass alle Türen verschlossen sind, aber ich muss Pelge dieses seltsame Wesen zeigen.

Wenn mein Handy Akku hätte, würde ich ein Foto machen von mir und dem Wurm. Schaut mal, was in diesem seltsamen Land so alles lebt! Eine Frau hat ihn zur Welt gebracht, ganz im Ernst. Vielleicht machen die das alle hier so. Jeder hat einen Wurm zu Hause. Statt Kindern.

Es raschelt. Eva erscheint in der Tür, schläfrig reibt sie sich die Augen, scheint den Wurm gar nicht zu bemerken. Sie wankt auf ihren Sessel zu, und ich sehe gerade noch, wie der Wurm unter dem Sofa verschwindet. Weg ist er. Als hätte ich ihn erfunden. Eva lässt sich in den Sessel fallen, legt sich die Hände auf den Bauch, verzieht aber nicht gepeinigt das Gesicht wie sonst, sondern lächelt und atmet aus: »Aaaaaaaaaaah.« Als wäre eine große Last von ihr genommen. Und noch einmal: »Aaaaaaaaaah.«

Angestrengt schaue ich auf den Sofarand, aber der Wurm ist nicht zu sehen. Eva spricht freundlich mit mir in ihrer

Krächzsprache, und ich nicke, als verstünde ich, was sie sagt. Erklärt sie mir, wie sie den Wurm zur Welt gebracht hat? Weit beugt sie sich vor, sodass ich in ihr T-Shirt hineinsehen kann und in ihren BH, in dem ihre großen Brüste liegen wie zwei Bälle, und zwischen den Bällen steckt der Hausschlüssel!

Ich muss nur warten, bis sie wieder einschläft, um ihr vorsichtig die Schlüssel aus dem BH zu ziehen, und Pelge hereinzulassen. Aber leider macht sie einen ziemlich wachen Eindruck und bis zum Abend ist es noch lange hin.

Sie schaltet den Fernseher ein und lehnt sich zufrieden zurück. Wir sehen jungen Menschen zu, die sich die Seele aus dem Leib singen und ziemlich oft in Tränen ausbrechen, während Männer mit perfekt geföhnten Haaren ihnen gelangweilt zuhören und die einzige Frau unter ihnen nicht mehr aufhört zu lächeln. Ich kenne den Quatsch, ist bei uns zu Hause derselbe. Eva lächelt glücklich.

Ich nehme eine leere Chipstüte vom Tisch, spiele mit ihr herum, lasse sie fallen, beuge mich dann übertrieben weit nach unten, um sie wieder aufzuheben, dabei linse ich unter das Sofa. Der Wurm liegt eingequetscht da – ist er schon wieder größer geworden? – und blinzelt mich an. Es macht mich nervös, herumzusitzen und zu wissen, dass der Wurm unterm Sofa sitzt, aber nicht zu wissen, wie es weitergeht.

Was macht meine Mutter, wenn sie nervös ist? Sie räumt auf. Es hat mich früher verrückt gemacht, dass sie immerzu kramen muss, immer irgendetwas putzt, ständig fegt und wischt, aber jetzt stehe ich auf, nehme die abgefressenen

Teller vom Tisch, trage sie in die Küche, sammele die leeren Pizzaschachteln ein, die benutzten Gläser. Eva nickt mir aufmunternd zu. Es scheint ihr zu gefallen. Jetzt hat sie nicht nur eine Gesellschafterin im Haus, sondern auch noch eine Putzfrau.

Da wir nichts mehr zu essen haben und sie doch so verfressen ist, warte ich sehnlichst darauf, dass sie wieder einkaufen fahren möchte. Vielleicht könnte Pelge dann in die Garage laufen und sich verstecken.

Ich reibe meinen Bauch, um ihr zu signalisieren, dass ich Hunger habe, aber sie legt nur den Kopf schief, greift zu ihrem uralten Festnetztelefon aus dem letzten Jahrhundert und krächzt etwas hinein. Holt sie die Polizei? Hat sie mich falsch verstanden? Reicht es ihr mit einem Mal mit mir?

Aus dem Küchenfenster versuche ich, Pelge zu erspähen. Immer noch rieselt der Regen herab und verdeckt wie ein graublauer Vorhang die Sicht. Ob er einfach weitergezogen ist, weil ich ihn nicht hereingelassen habe? Dachte er, ich wollte nicht? Oder sitzt er frierend unter unserem Baum und erinnert sich an den Kuss? Der Kuss. Der Kuss. Ich brauche das Wort nur zu denken, schon bekomme ich Gänsehaut und gleichzeitig schießt mir Hitze ins Gesicht.

In der Küche finde ich eine angebrochene Flasche Wein. Er riecht wie Benzin, aber vielleicht kann ich Eva betrunken machen, damit sie einschläft. Wie eine Kellnerin in einem Restaurant trage ich die Flasche und ein Glas auf einem Tablett zu ihr und schenke ein. Überrascht bedankt sie sich in ihrer Krächzsprache und trinkt es mit einem Schluck aus. Ich schenke nach und spiele weiter die Haushälterin. In der Küche hinter der Tür entdecke ich einen Staubsauger, der schon sehnsüchtig drauf zu warten scheint, mal wieder arbeiten zu dürfen.

Weiträumig sauge ich um Eva herum, um den Wurm unterm Sofa nicht zu erschrecken. Sie allerdings deutet auf ihre Füße, hebt sie an, hier, soll das wohl heißen, saug auch hier. Um ihren Sessel und das Sofa herum liegen Krümel von Chips und Pizza, vorsichtig nähere ich mich, da schießt die lange Zunge vom Wurm unter dem Sofa hervor, windet sich in Windeseile um das Staubsaugerrohr und zieht mit aller Kraft daran. Er ist so stark, dass ich mich am Staubsaugerrohr festhalte wie ein Matrose im Sturm am Mast. Der Wurm gibt nicht nach. Ich sehe seine rosa Zunge am silbernen Staubsaugerrohr kleben. Wie kann man so viel Kraft in der Zunge haben?

Ein Gurgeln und Grollen, wie ich es aus Evas Bauch noch gut in Erinnerung habe, dringt unter dem Sofa hervor. Eva bemerkt nichts, im Fernsehen wird laut geschossen, sie wundert sich nur, dass ich gar nicht mehr aufhöre, vor ihren Füßen zu saugen. Energisch schiebt sie mich schließlich zur Seite, weil ich ihr den Blick auf den Fernseher verdecke. Das gibt den entscheidenden Ruck, dem Wurm entgleitet das Rohr, die Zunge verschwindet wieder unter dem Sofa. Schweißgebadet entferne ich mich samt Staubsauger, stöhne vor Schreck und Anstrengung. Eva wirft mir einen Blick zu, gibt mir ein Zeichen, ich solle doch aufhören aufzuräumen, wenn es mich so anstrengt. Sie lacht und schaltet um auf eine Kochshow, in der eine dicke Frau Omeletts an die Decke wirft.

Als es klingelt, hievt sie sich aus ihrem Sessel, geht zur Tür, nimmt den Schlüssel aus ihrem BH, schließt umständlich auf. Hinter ihr stelle ich mich auf die Zehenspitzen in der Hoffnung, draußen Pelge zu entdecken, aber Eva achtet darauf, die Tür nicht zu weit zu öffnen, damit ich nicht wieder entwischen kann. Ein Pizzabote steht vor der Tür und hält ihr zwei der bekannten Pizzaschachteln entgegen. Sie bezahlt, schließt die Tür erneut sorgfältig ab, steckt den Schlüssel zurück in ihren BH. Wieder keine Gelegenheit, um an den Schlüssel zu kommen. Verzweiflung senkt sich über mich wie ein dunkles Tuch.

In der Küche legt Eva die Pizzen auf zwei Teller. Ich bin so traurig, dass ich noch nicht einmal mehr Hunger habe und im Wohnzimmer stehen bleibe. Aus dem Augenwinkel sehe ich, wie etwas am Wohnzimmerfenster entlangweht wie ein Segel. Es ist Pelge, der unter dem Fenster steht und die Decke an einem Stock auf und ab schwenkt. Ich stürze ans Fenster, klebe mit dem Gesicht an der Scheibe, winke ihm zu, presse meinen Mund auf das Glas, lasse einen Kussmund zurück. Sieht er es?

Eva kommt zurück ins Wohnzimmer, ich gebe Pelge Zeichen, dass er sich ducken soll. Sie stellt die zwei Teller auf den Tisch, ich schenke ihr erneut Wein ein, den sie auch brav trinkt, aber immer noch scheint sie nicht müde zu werden. Sie lässt die Ränder und die halbe Pizza übrig. Seit sie den Wurm los ist, hat sie anscheinend weniger Appetit. Ich gähne, um sie zu animieren, aber davon werde nur ich müde. Das Kissen auf der Couch lockt mich, ich will nicht schlafen, auf gar keinen Fall. Ich muss den Schlüssel aus ihrem BH fischen, ich habe zu tun, ich kann jetzt auf gar keinen Fall einschlafen. Noch dazu auf diesem Sofa, unter dem ein riesiger Wurm liegt!

Als ich wieder aufwache, sehe ich dicht vor mir eine blaue Wand. Ich reibe mir die Augen, aber die Wand geht nicht weg. Mein Kopf ist schlafschwer. Warum kann ich das Zimmer nicht sehen, die Zimmerdecke nicht, Eva nicht, nur diese blaue Wand? Ich strecke einen Finger aus wie eine Schnecke ihre Fühler und tippe an die Wand vor mir. Es ist gar keine Wand, sondern eine kühle, ein wenig glitschige Masse.

Ich verstehe erst nur langsam und dann so schnell, wie ein Stück Papier Feuer fängt. Es ist der Wurm! Er ist so gewachsen, dass er mir den Blick versperrt. Den Tisch hat er mit seiner Körpermasse zur Seite gedrückt, mit Augen groß wie Tennisbälle sieht er mich an. Neugierig bewegt sich sein Kopf auf mich zu, sein Maul öffnet sich, die Zähne groß und spitz wie Haifischzähne. Ich drücke mich ins Sofa, höre mich wimmern vor Angst. Seine Zunge fährt aus seinem Maul wie ein rosiger Waschlappen und fährt mir über den Kopf. Ich kreische. Und dann macht er es gleich noch mal. Wusch.

Ich schreie: »Aufhören!« Jammere: »Bitte aufhören, bitte!« Nützt aber nichts. Er macht es noch mal. Und noch mal, bis mir seine Spucke aus den Haaren rinnt und über die Stirn tropft. Kein schönes Gefühl.

Ich schwinge meine Beine über die Sofalehne und lasse mich auf den Boden hinter dem Sofa fallen. Verstecke mich. Sein Kopf wächst in die Höhe, schnellt nach vorn, über die Sofalehne blickt er auf mich herab. Er sieht jetzt nicht mehr treuherzig aus, sondern hungrig und gefährlich. Er kommt mir so nah, dass ich seinen fauligen Atem riechen kann. Auf allen vieren krabbele ich um das Sofa herum auf die Treppe zu, die Stufen hinauf. Von oben sehe ich ihn das gesamte Wohnzimmer ausfüllen, sein Körper ordentlich in einer Spirale zusammengerollt wie eine gigantische Bratwurstschnecke. Er legt den Kopf auf die Sofalehne und betrachtet mich. Was hat er vor? Wo ist Eva? Ihr Sessel liegt umgestürzt am Boden. Er hat sie gefressen. Er hat sie einfach verschluckt, denke ich seltsam nüchtern. Wurm verspeist Frau, wächst ins Riesenhafte.

Rückwärts taste ich mich vorsichtig den Flur entlang, behalte dabei den Wurm im Auge. Eva liegt im Bett. Schläft seelenruhig. Sie weiß ganz offensichtlich nichts von unserem neuen Mitbewohner. Oder träumt sie von ihm? Auf Zehenspitzen nähere ich mich, sie runzelt die Stirn, als dächte sie nach. Ich schiebe meine Hand unter ihr Hemd, gleite wie ein Fisch unter dem Stoff geradewegs in ihren BH, umfasse den Schlüsselbund zwischen ihren warmen, großen Brüsten, da schnauft sie und dreht sich auf die andere Seite, nimmt meine Hand eingeklemmt zwischen ihren Brüsten einfach mit. Ich liege über ihr, ziehe am Schlüsselbund und an meiner Hand. Zentimeter für Zentimeter ziehe ich die Hand heraus, umklammere den Schlüssel fest, endlich schlüpft sie heraus, ich verliere fast das Gleichgewicht, halte aber den Schlüssel in der Hand.

Als ich zurück in den Flur laufe, liegt der Wurm vor der Haustür. Wie ein Berg versperrt er die Tür, als könne er meine Absicht erraten. Bedrohlich schwankt sein riesiger Kopf auf und ab. Mit seiner Zunge räumt er die Garderobe ab, verschlingt einen Mantel und verschiedene Hüte, schleckt über die Anrichte, vertilgt eine Vase mit einem vertrockneten Blumenstrauß, frisst ein Paar Turnschuhe, ein Paar silberne Stöckelschuhe, die ich, hätte ich sie früher entdeckt, gern anprobiert hätte. Er sieht mich, glotzt mich an, grummelt und grollt, breitet sich weiter aus, sodass ich nicht an ihm vorbeikomme. Seine Zunge, schon wieder größer geworden, fährt aus seinem Maul, gerade noch springe ich zurück, mein Herz wummert vor Angst.

Diese Angst kenne ich. Es ist die Angst vor den Monstern in meiner Heimat. Sie macht aus deinem Körper einen vibrierenden Motor und setzt dein Gehirn unter Strom. Du erkennst dich selbst nicht wieder. Deine Gedanken rasen wild umher wie auf einer Achterbahn, du spürst jede Faser deines Körpers, und gleichzeitig bist du taub. Mit wenigen Sätzen springe ich quer durch die Wohnung zur Garagentür, aber der verdammte Schlüssel passt nicht, wieso passt er denn nicht? Ich laufe zum Fenster, wo Pelge die Decke geschwenkt hat, hoffe, dass er noch da sein möge, reiße das

Fenster auf. Der Regen fällt mir kalt und nass ins Gesicht. Wach auf, wach auf, Pula, alles nur ein Traum!

Aber ich kann nicht aufwachen, also ist es auch kein Traum. Ich rufe nach Pelge, schreie, heule, der Regen läuft mir übers Gesicht, da sehe ich eine Gestalt unter einem großen Maulwurfshügel hervorkriechen. Es ist gar kein Maulwurfshügel, sondern die Decke, es ist Pelge mit der Decke, es ist wirklich Pelge! Ich winke, er sieht mich, springt auf und ab.

»Komm schnell«, brülle ich, »komm schnell! Die Haustür!«

Ich werfe ihm den Schlüssel zu, er fängt ihn auf, setzt sich in Bewegung, verschwindet um die Hausecke.

Aber wie soll er zur Haustür hereinkommen, wenn der Wurm davorliegt und den Eintritt versperrt? Ich reiße den Kühlschrank auf, hole alte Senftuben und Mayonnaise-Gläser heraus, ein verschimmeltes Stück Käse, einen Becher Joghurt, packe alles auf ein Tablett, werfe noch ein paar Pizzaränder dazu und trage das Tablett in den Flur.

»Ja, was haben wir denn da?«, säusele ich. »Ei, was ist denn das Feines?« Ich spreche zu dem Wurm wie zu einem Baby oder einem Haustier. Misstrauisch fährt er seinen Kopf aus und beäugt mich und das Tablett.

Ich trete ein paar Schritte zurück. »Ja, schau, ist das lecker.

Er zögert. Ich nehme ein Stückchen Pizzarinde und esse es schmatzend. Gehe weiter, er folgt mir. Lautlos rollt er seinen Körper ab, unablässig mache ich »hmmmm« und »hamham«, locke ihn in die Küche, laufe dort im Kreis, und als er mit seinem ganzen langen Wurmkörper in der Küche angekommen ist, werfe ich das Tablett zu Boden, quetsche mich gerade noch an ihm vorbei und schlage die Küchentür von außen zu.

Gleichzeitig öffnet sich langsam die Haustür. Da ist er. Da ist er endlich. Wie hübsch er ist. Das war mir bisher gar nicht aufgefallen.

Ich packe Pelge am Arm, will mit ihm raus, mit ihm in den Wald rennen, aber er rammt beide Beine in den Boden wie ein störrisches Pony.

»Warte«, sagt er, »warte, ich muss 'n Schluck Wasser trinken. Ich brauch was zu trinken!«

Ich gehe mit ihm ins Bad, er hält den Kopf unter den Wasserhahn und trinkt in langen Zügen. Wischt sich den Mund ab, grinst. »Und wo ist die Verrückte? Ich will die Verrückte sehen.«

»Sie schläft, aber jetzt komm! Komm schnell! Wir müssen hier raus!«

»Warum denn? Wenn sie doch schläft? Hier regnet's wenigstens nicht. Mir ist kalt.«

»Komm doch, bitte! Pelge, bitte! Ich fleh dich an. Wir müssen hier weg.«

»Gibt es nichts zu essen? Ich hab Hunger.«

Und schon geht er durch das Wohnzimmer auf die Küche zu.

»Du kannst nicht in die Küche!«

»Wieso nicht? Sie schläft doch, sagst du.«

Ich zerre an ihm, aber je mehr ich zerre, umso störrischer

wird er, und da hat er schon die Klinke der Küchentür in der Hand, und bevor ich ihn daran hindern kann, öffnet er sie. Der Wurm füllt den gesamten Raum aus. Er stößt an die Wände, reicht bis zur Decke, Tisch und Stühle hat er verschlungen. Allein in den wenigen Minuten in der Küche ist er schon wieder gewachsen. Seine Augen, groß wie Untertassen, funkeln uns an. Seine Zunge ist jetzt wahrscheinlich so groß wie ein Teppich.

Pelge macht ein seltsames Geräusch zwischen »uuuiiii« und »aaaaaaah« und »huuuuach«. Er springt vor Schreck zurück, ich versuche, die Tür hinter uns wieder zuzuschlagen, aber der Wurm stemmt sich von innen dagegen und drückt sie auf, sodass die Tür mich an die Wand quetscht. Er presst seinen Kopf durch die Türöffnung, zieht seinen Körper hinterher und hat nun Pelge im Visier, auf den er zurollt wie eine Dampfwalze. Ich sehe seinen blau schillernden Wurmkörper dicht vor mir, wie er sich zusammenzieht und abrollt.

Als ich klein war, hatten wir eine stoffbespannte gelbe Röhre im Kinderzimmer, durch die wir uns durchrobben konnten, genauso bewegt sich der Wurm. Einen kurzen Augenblick lang spüre ich das gelbe Licht in unserem Stoffwurm, höre unser Kichern, rieche unser Kinderzimmer, so als wollte mir mein Gehirn eine Beruhigungspille verabreichen. Pelge hechtet die Stufen zum Schlafzimmer hinauf, ich stehe immer noch eingeklemmt hinter der Tür und schreie.

Erst als der Wurm seinen ganzen langen Körper durch

die Türöffnung gepresst hat, gibt die Tür endlich nach, und ich kann mich befreien. Zwischen mir und Pelge liegt der Wurm wie ein unüberwindliches Gebirge. Ich kann Pelge nicht mehr sehen, höre ihn nur hinter dem Wurm erstickt rufen: »Pula! Wo bist du, Pula?«

»Hier«, schreie ich, »ich bin hier!«

»Renn raus«, ruft er zurück.

»Nein«, brülle ich. »Nicht ohne dich!«

»Pula Xerximon, ich befehle es dir! Hau ab!«

Wenn mir jemand was befiehlt, werde ich störrisch. Das war schon als kleines Kind so, sagt meine Mutter. Kaum sagte man mir: »Tu dies nicht, tu das nicht, tu dies oder das«, war es bei mir aus. Von da an befahl mir meine Mutter: »Steck alles in den Mund! Wasch dir niemals die Hände! Komm auf keinen Fall hierher! Fass den heißen Ofen an!«, und sofort tat ich das Gegenteil, obwohl ich merkte, dass irgendetwas faul war an der Art, wie sie es sagte. Ich war nur so klein, dass ich den Trick nicht begriff.

Pelge hört nicht auf zu schreien: »Pula, hau ab! Jetzt mach schon! Renn ums Haus bis zum Fenster! Pula! Hörst du mich?«

Der Lurch ist vielleicht der Einzige auf der Welt, der mir was befehlen darf. Ich setze mich in Bewegung. Reiße die Haustür auf, renne raus, der Regen ergießt sich wie eine Dusche über mich, ich rutsche aus, falle der Länge nach hin, rappele mich auf, stapfe durchs nasse Gras, biege ums Haus und sehe, wie Pelge ein zusammengeknotetes Bettlaken aus dem Schlafzimmerfenster wirft. Hoch über dem

Boden schwingt es hin und her wie ein großes Pendel, ruhig und gleichmäßig, hin und her und her und hin, als wolle es mich hypnotisieren. Bilde ich mir den Wurm, Pelge und Eva nur ein? Als ich nach oben blicke, sehe ich jedoch, wie Pelge Eva auf das Fensterbrett bugsiert. Angstvoll sieht sie zu mir herab und kreischt.

»Pelge! Was machst du denn?«, rufe ich. »Komm runter! Lass sie da, das schafft die nic!«

Neben Eva taucht Pelges Kopf auf. »Fang sie auf«, brüllt er.

»Wie denn?«

Er antwortet nicht, schiebt sie weiter wie einen Gegenstand über das Fensterbrett, legt ihre Hände um das weiße Bettlaken, sie schreit vor Angst, er aber schubst sie weiter. Hinter ihm sehe ich etwas Blaues in die Höhe quellen.

»Pass auf!«, schreie ich. »Hinter dir! Pass auf!«

Der Wurm wird Pelge fressen, da bin ich ganz sicher, er wird ihn fressen, und die dumme Eva wird überleben. Warum kann der Wurm nicht einfach sie fressen? Warum musste Pelge sie überhaupt aus dem Bett holen? Er hätte sich längst abseilen können und wir wären auf dem Weg zurück in den Wald. Wurm und Eva sollen sehen, wie sie klarkommen. Schließlich hat sie den Wurm hervorgebracht, es ist alles ihre Schuld.

Wie eine überreife Birne am Ast hängt Eva am Bettlaken und schreit wie am Spieß, statt sich weiter nach unten zu hangeln. Ihre Kraft lässt schließlich nach, das Tuch gleitet ihr durch die Hände, wie eine Kugel schießt sie auf mich zu und fällt mir direkt vor die Füße. Bewegungslos bleibt sie liegen. Ich kann mich nicht um sie kümmern, denn oben drängt eine blaue Masse wie Knete aus dem Fenster. Ich sehe Pelge nicht mehr. Alles verlangsamt sich. Meine Hand kommt auf mein Gesicht zu, formt sich zu einer Faust, schiebt sich in meinen Mund vor Schreck.

Da – die blaue Masse quillt aus dem Fenster wie ein überdimensionaler Tropfen, darunter quetscht sich eine kleine Figur auf das Fensterbrett, greift nach dem Bettlaken, das wild hin und her schwingt, erst mit der einen Hand, dann mit der anderen. Pelge zieht seinen Körper unter dem gewaltigen Blau mit letzter Kraft hervor und seilt sich ab. Die letzten Meter fällt er und liegt nun neben Eva vor mir im Gras. Eva rappelt sich mühsam auf, aber Pelge bleibt einfach liegen. Er stöhnt, und als ich ihn hochziehen will, sacken ihm die Beine weg. Schmerzverzerrt deutet er auf seinen Knöchel. Sein Fuß hängt in einem seltsamen Winkel herab.

Über uns quetscht sich der Wurm mit dem Schwanzende voran aus dem Fenster und hängt nun wie ein zweites blaues Pendel neben dem weißen Bettlaken. In Windeseile spult der Wurm sich ab, gleich hat er den Boden erreicht. Wir müssen hier weg!

Ich versuche, Pelge zu ziehen, zu schleifen, zu tragen, aber obwohl er doch ein ganzes Stück kleiner ist als ich, ist er zu schwer. Ich schaffe es nicht. Ich schaffe es einfach nicht. Wie angewurzelt steht Eva da in ihrem kurzen Nachthemd und sieht fasziniert nach oben, als schaue sie im Kino auf die Leinwand. Regen fällt ihr ins Gesicht, aber sie kann nicht aufhören zu schauen.

»Eva!«, keuche ich, »Eva! Hilf mir! Help!«

Sie blickt mich erstaunt an, als träume sie. Der Wurm erreicht mit dem Schwanz den Boden, oben schiebt er seinen Kopf durchs Fenster. Gleich wird er sich fallen lassen, uns unter seinem Körper zerquetschen.

Da wacht Eva auf, packt Pelge und nimmt ihn huckepack. Wir laufen zur Straßenlaterne, den Weg entlang Richtung Wald. Eva galoppiert wie ein Pony, ihre nassen Haare wippen, sie ist stark und hat Ausdauer. Pelge auf ihrem Rücken scheint ihr nicht das Geringste auszumachen. Pelge streckt den Arm nach mir aus, ich halte ihn an der Hand, während ich keuchend neben Eva herlaufe.

Zielstrebig steuere ich unsere Baumhöhle an, wo Pelge mich geküsst hat. Mit den Armen zerteile ich die Äste, wir schlüpfen hinein, die dichten Blätter fallen hinter uns zu und verbergen uns. Wir sind in Sicherheit.

Eva lässt Pelge zu Boden gleiten. Wie betäubt liegen wir nebeneinander. Wir zittern, unsere Klamotten sind klatschnass. Eva klebt das Nachthemd am Körper, Pelge reibt seinen Knöchel, der bereits auf die doppelte Größe angeschwollen ist. Eva geht wortlos wieder hinaus, Pelge und ich sehen uns an. Haut sie ab? Was machen wir jetzt?, aber da öffnet sich der Blättervorhang wieder und sie kommt mit ein paar Kräutern in der Hand zurück. Sie legt sie behutsam auf Pelges Knöchel, reißt mit den Zähnen einen Streifen Stoff vom Saum ihres Nachthemds und bindet die Kräuter auf

Pelges Knöchel fest. Ich bin verblüfft, das hätte ich ihr nicht zugetraut. Zu Pelge sagt sie auf Englisch: »Und wer bist du?«

»Pelge«, sagt Pelge, und dann deutet er auf mich: »Pula.«

Jetzt haben wir also alle drei einen Namen. Eva lächelt. »Pula und Pelge«, sagt sie. »Pelge und Pula.«

»Woher kommt ihr?«, fragt sie Pelge weiter auf Englisch, und da er mit ihr spricht, spreche ich auch, denn ich kann besser Englisch als er, das wäre ja gelacht. Ich nenne ihr den Namen unseres Landes, und dass unsere Mütter uns weggeschickt haben, um uns zu retten. Sie nickt und sagt: »Eine Scheiße, die in eurem Land passiert. Eine riesengroße Scheiße.«

Wir nicken alle drei und sagen auf Englisch im Chor: »Big shit. Very big shit.« Und dann lachen wir tatsächlich ein bisschen, was uns selbst wundert, denn alles ist gerade richtig mies. »Big shit«, johlen wir. Eva gluckst, ihr ganzer Körper wackelt, und das bringt mich erneut zum Lachen und damit stecke ich Pelge an. Wir biegen uns vor Lachen, wiehern wie die Pferde, Pelge vergisst seinen Knöchel, wir alle vergessen den Wurm, als hätten wir ihn uns gemeinsam ausgedacht. Nicht nur eine der Geschichten von Pula Xerximon, sondern von uns dreien. Jeder hat ihn gesehen. Jeder von uns kann das bezeugen.

»Falls du mir nicht glaubst, Mama, dann frag doch Eva.«

»Wer ist Eva?«

»Eine Frau im Nachthemd, die einen Wurm ausgeschissen hat, ganz so wie Tante Zia, aber dieser hier wurde immer größer und gefräßiger, vertilgte Möbel und Kleider und Schuhe, bis er Appetit auf uns bekam, und da mussten wir vor ihm fliehen.«

»Ja, Pula, alles klar.«

»Glaub mir doch ein einziges Mal, Mama!«

In Gedanken rede ich noch mit meiner Mutter, als sich die Blätter über uns bewegen wie im Sturm und ein bekanntes Grollen zu hören ist. Ich dränge mich an Eva, schlinge meine Arme um ihren Hals, und Pelge hängt auf der anderen Seite an ihr. Wie Pferdemaulbeeren am Zweig. Ich spüre ihr Herz schlagen, ihr weiches, warmes Fleisch. Wir ducken uns, machen uns zusammen ganz klein, ich rieche den Waldboden unter mir.

Es nützt uns nichts. Eine blaue Masse bricht mit Getöse durch die Äste. In einer Bewegung rollen wir drei zur Seite. Eva versucht, sich aufzurichten, wir hängen immer noch an ihr, sie kommt so nicht hoch, ich lasse los. Mit Pelge auf dem Rücken steht sie schwankend auf, wir kämpfen uns an dem Wurm vorbei nach draußen. Eva stolpert mit Pelge im Zickzack durch den Wald, ich versuche, hinterherzukommen, den heißen Atem des Wurms in meinem Nacken, ich darf mich nicht umdrehen, auf keinen Fall umdrehen. Ich falle über eine Baumwurzel, rappele mich sofort wieder auf, aber der Abstand zu Eva und Pelge vergrößert sich. Hinter mir wächst der Wurm höher und höher, dann bricht er über mir zusammen wie eine Lawine und begräbt mich unter sich.

Alles um mich herum ist blau. Ich kann atmen, wenigstens kann ich atmen, denke ich. Aber bewegen kann ich mich nicht mehr.

Ich liege auf dem Waldboden, unter mir weiches, grünes Moos, über mir und an allen Seiten ist es blau wie tief unter Wasser. Deutlich sehe ich vor mir die tiefen Rillen im Körper des Wurms, die die einzelnen Segmente voneinander trennen. Sie bewegen sich wie eine Ziehharmonika. Ich hoffe, dass er über mich hinwegrollt, mich vielleicht gar nicht bemerkt hat, aber da kommt die Ziehharmonika zum Stehen. Schwer legt sich der Wurm auf mich und rührt sich nicht mehr. Mit den Fäusten hämmere ich gegen die blauen Wände um mich herum, trete mit den Füßen, aber genauso gut könnte ich in einer Gummizelle um mich schlagen.

Ich habe so eine Gummizelle nie gesehen, aber so stelle ich sie mir vor. »Pula, hör auf zu lügen. Wenn du nicht aufhörst zu lügen, kommst du in die Klapse. Da stecken sie dich in eine Gummizelle.«

Mein Vater hat mich zu einem Seelendoktor geschleppt, weil ich so viele Geschichten erzählt habe, gelogen habe, wie meine Eltern meinten, krankhaft gelogen.

Aber ich habe nie gelogen, ich schwöre. Hab nur erzählt, was ich gespürt und wirklich erlebt habe. Das Problem war nur, dass alle anderen es nicht so erlebt hatten. Ich weiß noch, wie ich einem Mann mit grauen Haaren und einem gestreiften Pullover gegenübersaß und er mich lächelnd gefragt hat: »Pula, warum erzählst du Dinge, die nicht wahr sind?«

»Aber was ist denn wahr?«, hätte ich ihn gern gefragt.

»Ich sehe, wie Ihre grauen Haare rauchen, als wären Sie ein Vulkan, weil ich spüre, dass Sie sehr, sehr wütend sind und nur lächeln, damit man es nicht merkt, aber was ist jetzt wahr? Ihre Wut oder Ihr Lächeln oder beides?«

All das habe ich nicht gesagt, ich habe auf meine Füße in meinen silbernen Flipflops gestarrt. Der Arzt hat mit meinem Vater geredet und wir sind nach Hause gegangen. Ich habe von da an einfach nicht mehr so viel erzählt und alle waren zufrieden.

Seht ihr mich jetzt? Glaubt ihr mir jetzt? Mama, ist das das bessere Leben, das du dir für mich vorgestellt hattest? Sehe ich dich nie mehr wieder? Wirst du nie erfahren, was mit mir passiert ist? Wird niemand mich finden? Nicht heulen, bitte nicht auch noch heulen.

Pula, hör auf zu heulen! Denk nach! Streng dich an!

Das Grollen aus dem Bauch des Wurms dringt an mein Ohr wie der Bassbeat aus den Autos der Angeberjungs, die langsam an dir vorbeifahren, sich aus dem Fenster hängen und dich blöd anglotzen.

Alles kommt zum Stillstand, nichts bewegt sich mehr. Bin ich schon tot?

Wenn ja, wäre es gar nicht so schlimm. Ich bin so müde, so furchtbar müde. »Ich gebe auf, Mama. Ich spüre keinen Schmerz, nur Liebe für euch alle, meine ganze Familie, die, die leben, und die, die tot sind. Es tut mir wirklich leid. Ich war es nicht wert. Ihr habt mich losgeschickt, damit ich es besser habe. Und wenn ich es besser gehabt hätte, hätte ich euch massenhaft Geld geschickt, damit die Jungen sich endlich mal wieder die Bäuche vollschlagen können, und du, Mama, hättest lächelnd danebengesessen wie früher. So sehr hast du dich immer gefreut, wenn sie gemampft haben wie die Tiere, mich hast du gar nicht mehr gesehen, immer nur sie, aber egal, ich nehme es dir nicht mehr übel. Ich will nur, dass ihr alle aus der Hölle rauskommt und es besser habt. Aber eure Paradiesbotschafterin Pula hat es nicht geschafft. Sie liegt begraben unter einem Monsterwurm, alles war umsonst.«

Mir ist schwindlig, alles um mich herum so blau wie auf dem Meeresgrund. Da war ich schon mal. Werde ich am Ende doch noch zur Meerjungfrau? Ich bekomme keine Luft mehr, höre mich schnaufen und keuchen, dämmere weg in tiefblauen Schlaf. Das Letzte, was ich spüre, sind Lippen auf meinen Lippen, sanft und gleichzeitig bestimmt, so süß und fremd. Dieser Geschmack, ich erinnere mich an diesen unglaublichen Geschmack.

Die Erinnerung an Pelges Kuss reißt mich aus meinem blauen Dämmerschlaf, mit einem Mal bin ich wieder hellwach. Noch ein Kuss! Noch ein einziger Kuss! Ich stemme die Füße gegen die blaue Masse über mir und drücke mit aller Kraft die Knie durch, die Masse gibt ein wenig nach, sodass ein Hohlraum entsteht, in dem ich mich ein kleines Stückchen auf die Seite rolle. Ich bekomme mehr Luft. Immer wieder stemme ich die Beine gegen die Wand, rolle ein paar Zentimeter auf die Seite, wieder und wieder. Meine Muskeln zittern vor Anstrengung, aber der Hohlraum vergrößert sich, Stückchen für Stückchen. Unbedingt will ich noch ein Mal küssen. Pelge küssen. Meine Kraft verlässt mich, aber sobald ich kurz nachlasse, werde ich von Neuem zugedeckt und fast erstickt vom großen Blau. Noch ein bisschen und noch ein bisschen, bis sich endlich ein kleines Guckloch öffnet zur Außenwelt, ganz kurz sehe ich die Rinde eines Baums vor mir, dann geht das Loch wieder zu.

Noch ein paar Mal muss ich mich gegen die blaue Wand stemmen, nur noch ein paar Mal. Ich habc Angst, dass mich die Kraft endgültig verlässt, aber das Loch wird langsam größer. Der äußere Rand des Wurmkörpers ist von einer flattrigen Haut gesäumt wie bei einer Schnecke, und als ich endlich so weit zur Seite gerobbt bin, dass ich die Haut anheben kann, schlüpfe ich darunter hervor wie ein Baby, das geboren wird.

Ich rolle über das Moos, die Luft ist so frisch auf meiner Haut. Mit wackeligen Knien stehe ich auf. Ganz still liegt der gigantische Wurm da, er scheint zu dösen und hat noch gar nicht bemerkt, dass ich entflohen bin.

Um sich herum hat er jeden Baum niedergewalzt und eine Lichtung geschlagen. Pelge und Eva sehe ich nicht. Jedes Zeitgefühl habe ich verloren. Wie lange habe ich unter dem Wurm gelegen? Ich traue mich nicht, nach Pelge zu rufen, um den Wurm nicht zu wecken. Auf Zehenspitzen schleiche ich um ihn herum, leise, leise, aber da knackt ein Zweig unter meinen Füßen, und ein Schauder fährt über den Wurmkörper wie bei einem Pferd, wenn es mit der Haut zuckt, um Fliegen abzuwehren.

Nach allen Seiten sehe ich mich nach Pelge um. Nichts.

Hat er mich im Stich gelassen? Ist er mit Eva geflohen, weil er alle Hoffnung, dass ich unter dem Wurm überleben könnte, aufgegeben hat? Oder weil er feige ist? Nein, ich weiß es besser, ich kenne ihn doch. Du kennst ihn ja gar nicht! Zweifel und Angst bohren sich in mein Hirn und Herz, ich passe nicht auf, stolpere, falle schon wieder, laut zerbirst ein Ast unter mir. Ich höre es – und der Wurm hört es auch. Eine Welle läuft durch seinen Körper, und da bewegt er auch schon seinen Kopf und dreht sich um. Dreht sich nach mir um. Starrt mich an. Seine Augen groß wie Autoreifen. Sie glühen, als würden sie von innen erleuchtet. Es hat keinen Zweck wegzulaufen, er ist schneller. Niemand ist da, um mir zu helfen, ich bin ganz allein auf dieser verfluchten, beschissenen Welt. Allein mit einem Monster.

Der Wurm bewegt sich auf mich zu. Ich traue mich nicht, ihn anzusehen, fürchte mich vor seinem Maul und seiner ungeheuren Zunge, mit der er mich erschlagen kann wie eine Fliege mit einer Fliegenklatsche. Ich sehe Tante Zia vor mir, wie sie bewegungslos in ihrem zerschlissenen Sessel sitzt mit der Fliegenklatsche in der Hand – und dann plötzlich: Patsch. Keine Fliege war vor ihr sicher, irgendwann erwischte sie alle.

Mein Atem rasselt vor Angst. Ich warte auf die Zunge des Monsters wie auf ein Todesurteil, da höre ich klar und deutlich die Stimme meiner Mutter: »Pula, Kind, jetzt reiß dich zusammen!«

Ich hasse es, wenn sie mich Kind nennt, und ich hasse es noch viel mehr, wenn sie sagt, dass ich mich zusammenreißen soll, weil sie damit immer nur meint, dass ich aufhören soll zu flennen oder mich zu bemitleiden oder neidisch auf meine Brüder zu sein. Ich finde es unverschämt, dass sie mich in dieser Situation auffordert, mich zusammenzureißen. Was fällt ihr ein? Sie hat doch keine Ahnung, wie es mir geht! In welcher Gefahr ich schwebe! Wie mutterseelenallein ich bin in diesem fremden Wald!

Meine Wut auf sie lässt mich wieder anspringen wie ein Motor.

»Pula«, sagt meine Mutter, »reiß dich zusammen und mach das, was du am besten kannst.«

Was kann ich denn am besten? Was kann ich denn überhaupt? Sag mir, was du damit meinst, Mama, du redest in Rätseln. Du denkst doch, dass ich gar nichts kann. Dass ich ständig Ermahnungen brauche, weil ich nichts zuwege bringe in deinen Augen.

Augen. Das Wort »Augen« bringt mich auf den Trichter. Ja, genau, warum sagst du es nicht einfach? Eines kann ich wirklich, das sagt jeder: Ich kann den Leuten so lange in die Augen schauen, bis sie wie hypnotisiert sind und ganz ruhig werden.

»Pula, die kann einen hypnotisieren mit ihrem Blick, die starrt einen so lange an, bis einem ganz anders wird.«

»Jetzt starr die Leute nicht so an, Pula. Jetzt guck nicht immer so, unheimlich ist das, wie du gucken kannst.«

Ich richte mich auf, hebe den Kopf. Schaue dem Monster auf die glatte, feuchte Nase, wandere mit dem Blick über seine Schuppenhaut bis zu seinen riesigen lila Augen. Und dann schaue ich. Glotze. Stiere. Gaffe. Starre das Monster an und es starrt zurück. In seinen Augen sehe ich mein Spiegelbild, ein Mädchen im Wald, eine junge Frau in einem fremden Wald, mich. Der Wurm blinzelt kein einziges Mal, er hält meinem Blick stand, starrt zurück. Ich zwinkere nicht, blinzele nicht, wanke nicht. Meine ganze Kraft lege ich in meinen Blick. Vor Anstrengung beginne ich zu schwanken wie ein Grashalm im Wind, aber ich starre weiter, bis sich plötzlich eine weiße Haut über die Augen des Wurms zieht wie ein Plastiküberzug.

Wir hatten mal genau solche Plastiküberzüge über den guten Möbeln im Wohnzimmer, als wir noch ein Wohnzimmer hatten, und als meine Mutter noch dachte, irgendwann gäbe es eine Zeit für die guten Möbel. Diese Zeit ist nie gekommen, aber das konnte sie ja vorher nicht wissen. Vielleicht sollte man nicht denken, dass irgendwann die richtige Zeit kommt, sondern sich gleich auf die guten Möbel setzen, ohne Plastiküberzüge, sonst verpasst man noch was.

Unter der weißen Haut wird der Blick des Wurms blind. Schläft er ein? Aber da zieht sich die Haut zurück, er klappt die Augen auf, starrt mich wieder an. Aus jedem Winkel meines Körpers kratze ich das letzte bisschen Kraft zusammen, das ich noch habe, und starre so lange zurück, bis sich die Haut abermals über seine Augen legt. Und dieses Mal bleiben sie geschlossen. Sie öffnen sich nicht mehr, der Kopf des Wurms sinkt herab. Mit einem Donnerschlag, der die Erde unter meinen Füßen erschüttert, fällt sein Kopf zu Boden. Der Wurm rührt sich nicht mehr.

Es dauert, bis ich verstehe: Pula Xerximon hat das Monster niedergestarrt. Wirklich? Es liegt da wie eine grenzenlose blaue Wurst und rührt sich nicht mehr. Ich bin platt. Ich hab das Ungeheuer hypnotisiert. Ganz benebelt von meinem Erfolg stehe ich davor wie an der Bushaltestelle. Auf was warte ich? Dass das Monster wieder erwacht?

Erst da fange ich an zu laufen, zu rennen, zu sprinten. Das kann sie auch noch, diese Pula, denke ich erleichtert. Ich springe über Baumstämme, laufe im Zickzack zwischen den Bäumen hindurch, zerschramme mir Arme und Gesicht an den Zweigen. Egal, ich laufe weiter und weiter, bis ich auf die kleine Lichtung komme, wo Pelge meinen lila Rock angezogen und mir Pferdemaulbeeren über das Gesicht hat wandern lassen. Es kommt mir vor, als sei das schon ewig her. Meine Lungen brennen, mein Atem schmeckt salzig, meine Zunge ist trocken, in meinen Ohren rauscht mein Blut wie ein Wasserfall. Erschöpft sinke ich ins Gras. Es hat aufgehört zu regnen. Die Sonne scheint, als wäre nichts gewesen. Ich schließe die Augen, orange leuchtet das Licht unter meinen Augenlidern, bis ein Schatten über mich fällt.

Mein Herz setzt aus. Der Wurm ist erwacht und hinter mir hergekommen, ohne dass ich es bemerkt habe. Ich habe versagt, habe den Wurm nicht besiegt, alles war nur Einbildung. Natürlich habe ich ihn nicht besiegt, wie sollte ich denn auch? Pula, wie kannst du so blöd sein?

Es bleibt dunkel über mir, ich öffne die Augen nicht, höre

mein Herz schlagen wie einen Presslufthammer. Ganz in mir drin bin ich und nicht mehr außen, ich habe keine Lust mehr auf dieses Außen, wo nur Grässliches passiert.

Ein zarter Geruch breitet sich über mir aus. Süß und salzig zugleich, ein ganz und gar wunderbarer Geruch. Ich erinnere mich. Etwas Weiches berührt meine Lippen, weicher als jede Pferdemaulbeere. Ich öffne die Augen nicht, genieße nur dieses Gefühl auf meinen Lippen. Es gibt nichts Großartigeres auf dieser Welt als diesen Kuss. Und dann noch einer. Und noch einer.

»Pula Xerximon«, flüstert Pelge in mein Ohr, »du bist einfach der Hammer.«

Ich gluckse, als hätte er einen Witz gemacht. Ich will nicht reden, nur weiterküssen, und das machen wir auch. So lange, bis ich Evas Krächzstimme höre und die Augen öffne. Sie sitzt ein wenig weiter weg im Gras und zieht ihr Nachthemd über die Knie wie ein kleines Mädchen. Lächelnd betrachtet sie uns. Pelge lässt sich neben mich ins Gras fallen. Er schreit in den Himmel: »Danke! Danke!«

»Wofür bedankst du dich?«

»Dafür, dass du noch am Leben bist, Mann«, sagt er und klingt mit einem Mal so alt, wie er wirklich ist, nämlich eine ganze Ecke jünger als ich. »Geschlottert hab ich«, setzt er hinzu, »geschlottert und gebetet. Und sie auch.«

Eva nickt, als verstünde sie.

Ganz eng schmiegt Pelge sich an mich. Gemeinsam stehen wir auf. Seit dem Kuss kann ich nicht mehr auseinanderhalten, wer von uns wer ist. Er stützt sich auf mich, wir gehen auf Eva zu, ziehen sie in die Höhe, nehmen sie in die Mitte und humpeln langsam und vorsichtig durch den Wald nach Hause.

Hab ich das gesagt? Nach Hause? Wir gehen durch den Wald zu dem Haus von Eva. Bei jedem Schritt sehen wir uns um nach dem Wurm. Er muss doch noch da liegen, aber ich kann mich nicht mehr genau erinnern, wo das war. Dort bei den hohen Tannen? Oder doch eher dort drüben, wo der Farn wächst? Auf der anderen Seite? Wir sehen nichts. Gar nichts. Fest halten wir uns an den Händen, als wir aus dem Wald auf die Straße treten. Die Straßenlaterne brennt, obwohl es Tag ist. Wollte sie sichergehen, dass wir gut nach Hause finden? Ich nehme Pelge auf den Rücken, halte Eva an der Hand, wir fangen an zu laufen. Rennen auf das Haus zu. Die Haustür steht sperrangelweit offen, wir flitzen hinein, werfen die Tür hinter uns zu, halten sie zu dritt zu, damit auch wirklich niemand, niemand hereinkommen kann.

Das Wohnzimmer sieht aus wie ein Schlachtfeld. Alles kaputt. Die Möbel verschwunden oder in Einzelteile zerlegt. Erschöpft sitzen wir auf dem Boden und halten uns weiter an den Händen, bis Eva sagt: »Pizza?«

Wir nicken müde, sie findet das alte Telefon in einer Ecke. Wo ist eigentlich mein Telefon? Mein Rucksack?

»Hilf mir suchen«, sage ich zu Pelge.

Wir wandern durch das zerstörte Haus, finden ihn aber nicht. Der Wurm hat ihn verschlungen. Die Verbindung zu meiner Familie ist damit endgültig abgerissen, so wie man nach der Geburt die Nabelschnur eines Babys durchtrennt. Ich heule auch wie ein Baby. Hilflos sieht mich Pelge an.

»Computer?«, schreit er Eva an. »Computer?«

Sie nickt langsam, als müsse sie nachdenken, geht in ihr Schlafzimmer. Die Matratze liegt halb vertilgt am Boden, Nachttisch und Stuhl sind verschwunden, aber der Kleiderschrank steht noch. Sie öffnet ihn, ich sehe das goldene Kleid, das ich anprobiert habe. Sie stellt sich auf die Zehenspitzen und holt aus dem obersten Fach einen antiquierten Laptop hervor. Wir klappen ihn auf wie eine Schatztruhe, genießen seine Geräusche und Töne wie Gesänge aus der vertrauten Heimat. Und als dann auch noch das blaue Skype-Symbol aufploppt und die alte Kiste eine offene WLAN-Verbindung findet, macht mein Herz einen sehr großen Sprung.

Ich trage das goldene Kleid. Eva hat mir die Haare frisiert, ich habe mir ihren Lippenstift ausgeliehen. Wir haben den Hintergrund eingerichtet wie in einem Fernsehstudio, ordentlich gefegt und geräumt, sodass es aussieht, als wäre auch der Rest der Wohnung blitzblank. Ich höre den Wählton, versuche weiterzuatmen. Das Bild rauscht und wackelt und dann ist sie plötzlich da, als wäre sie nie weg gewesen. Sie sieht mich an. Lächelt. Lächelt und lächelt, hört gar nicht mehr damit auf.

»Pula!«, sagt sie. »Bist du etwa geschminkt? Und was hast du da eigentlich an?«

»Mama«, sage ich, »ich habe ein Monster bezwungen, einen riesigen blauen Wurm, so groß wie ein Haus. Ich habe ihn niedergestarrt, sonst hätte er uns alle gefressen.«

Sie sieht mich an und schweigt. »Natürlich«, sagt sie dann, »natürlich.«

»Das musst du mir glauben!«

»Ich glaube dir. Und geht es dir denn sonst gut?«

»Ja«, sage ich. »Es geht mir gut.«